Franzius

MIRJAM WYSER

DIE KRISTALLKINDER
UND DIE SUCHE NACH DEM GRALSKELCH

Kinderbuch

Ein Buch aus dem FRANZIUS VERLAG

Illustrationen: Merli (Gabriele Merl) www.merlimerl.com
Buchumschlag: Simone C. Franzius
Korrektorat/Lektorat: Petra Liermann
Verantwortlich für den Inhalt des Textes
ist die Autorin Mirjam Wyser
Satz, Herstellung und Verlag: Franzius Verlag GmbH
Druck und Bindung: BoD, Norderstedt

ISBN 978-3-96050-227-2

Die Deutsche Nationalbibliothek verzeichnet diese Publikation in der Deutschen Nationalbibliografie; detaillierte bibliografische Daten sind im Internet über http://dnb.dnb.de abrufbar.

Inhalt

Vorwort

Ich grüße jeden Einzelnen, der dieses Buch liest.

Was ihr in den Händen haltet, ist kein gewöhnliches Buch! Ich erzähle euch eine Geschichte, die ihr so noch nicht kennt. Es ist eine Geschichte, die von der Spiegelwelt erzählt. Sie schlägt eine Brücke zwischen der unsichtbaren Welt und der sichtbaren Welt. Wir reisen in diese geheimnisvolle Welt, die von Urbeginn an existiert. Sie führt zu Toren in einer fremden Dimension, die zu durchschreiten sind. Doch wo ist der Eingang? Gut, dass es Pino gibt, das kleine Auto! Denn er weiß mehr über das Geheimnis dieser Welt, die verborgen und geschützt vor unerwünschten Besuchern ist. Wer diese Welt finden kann und eintreten darf, wird am Glanze seines Lichts, das ihn umgibt, erkannt. Auf diesem Pfad wird das Bemühen nie zunichte gemacht, schon ein bisschen guter Wille kann den Suchenden beschützen und weiterbringen.

Jeder Mensch ist ein Stern, der an den Körper gebunden ist. Je heller sein Stern leuchtet, umso besser geht es der Welt.

Unerwarteter Besuch

Der Morgen schleicht dahin wie eine alte Schnecke. Dann endlich rückt der Zeiger der Uhr auf 11:42. Noch drei Minuten und dann klingelt die Glocke. Wochenendstimmung kommt auf. Noch die letzten Sekunden, bis die Schulhausglocke den Beginn des Weekends ausruft. Alle Schüler stehen an ihrem Platz. Die Stühle sind hochgestellt, die Schultaschen gepackt und die Fenster geschlossen. Kurz bevor es läutet, wünscht Herr Bommer seiner Klasse ein schönes Wochenende und weist noch auf die große bevorstehende Matheprüfung der kommenden Woche hin. Ein Stöhnen geht durch das Klassenzimmer.

Als der Gong endlich den Raum erfüllt, stürmen alle nach draußen auf den Flur, poltern die Treppe hinab, um schnell ins Weekend zu starten. Mariam und Mattis schlendern gemütlich plaudernd durch den langen Flur zum Hauptportal. Sie gehen über den Pausenhof zu einem Hintereingang und gelangen auf eine von Bäumen gesäumte Seitenstraße. Von hier brauchen sie nur noch einen kleinen Platz zu überqueren, durch eine schattige Gasse zu gehen, um dann den Bürgersteig zu betreten.

Auf zwei Bahnen, die von einem Grünstreifen getrennt sind, rollt der Verkehr. Auf dem Bürgersteig strömen zahllose Menschen aneinander vorbei. In der Mitte der Straße, an einer Haltestelle, fährt gerade eine Straßenbahn ein.

»Los, ihr zwei!«, rufen zwei Mädchen. »Wir fahren mit! Kommt ihr auch?«

»Nein, wir gehen ein Stück zu Fuß!«, ruft Mattis zurück.

Es ist schon einige Monate her, seit sie in der Goldenen Stadt mit Pino, dem fliegenden Auto, gewesen sind. Es ist ihr absolutes Geheimnis. Heute ist wieder Freitag, der dreizehnte. Bis jetzt ein ganz gewöhnlicher Wochentag.

Mariam und Mattis schlendern lässig die Straße entlang und diskutieren über die bevorstehende Matheprüfung. Sie scheinen überhaupt nicht in Eile zu sein, obwohl es Mittagszeit ist und beide Hunger haben. Sie blicken die Straße entlang, zwei Schulbusse stehen da, die von den Kindern gestürmt werden. Mariam und Mattis bummeln daran vorbei. Einige Kinder im Bus klopfen ans Fenster und machen faxen. Plötzlich bleibt Mattis wie angewurzelt stehen und starrt auf die andere Straßenseite.

»Was hast du? Hast du einen Geist gesehen?«, kichert Mariam.

Auf der Straße herrscht Geschäftigkeit und buntes Treiben. Mattis starrt einige Minuten auf ein Auto auf der anderen Straßenseite.

»Mich laust der Affe! Dort drüben steht doch der kleine Pino!«, frohlockt er.

Mariam schnappt nach Luft. »Ja, du hast recht! Das ist tatsächlich der kleine Pino!« Sie schüttelt erfreut den Körper, als möchte sie ein Freudentanz machen.

»Ich dachte schon, der Pino hat uns vergessen!«, hakt Mattis nach.

»Das Leben hat bestimmt wieder eine besondere Überraschung für uns! Gilt es wieder, die Welt zu retten?«, schmunzelt Mariam.

Beide rennen über die Straße, verfolgt von einem Hupkonzert. Ein Autofahrer lässt die Scheibe herunter und schimpft wie ein Rohrspatz, weil er wegen den unvorsichtigen Jugendlichen abrupt bremsen musste.

»Habt ihr Tomaten auf den Augen? Oder das Hirn abgestellt?«

Neugierige Blicke der Mitschüler verfolgen das Geschehen. So ziemliche jeder weiß, dass die beiden ein Geheimnis haben. Genau in diesem Augenblick starten die Schulbusse die Motoren und reihen sich in den Verkehr ein. Nach ein paar Metern biegen sie in eine andere Straße ein und weg sind sie. Sehr zum Ärger der neugierigen Schüler. Zu gerne hätten sie gesehen, wieso Mattis und Mariam wie ferngesteuert über die Straße gerannt sind.

In einem Freudensturm begrüßen sie Pino.

Dieser meint kühl: »Psst! Nur keine unnötige Aufmerksamkeit erregen, wir werden beobachtet.«

Schelmisch meint das kleine Auto dann: »Ich habe gerade eine gute Gelegenheit zur Flucht genutzt und bin ausgebüxt. Nun muss ich achtgeben, dass meine Besitzer mich nicht so schnell finden können. Die Zeichen für eine kleine Reise stehen gerade günstig! Kommt ihr mir?«

»Klar kommen wir mit!«, meint Mattis. »Mariam, zieh dir was Hübsches an, wir machen einen Ausflug!«, jubelt er in überschwänglicher Begeisterung.

Mariam gibt Mattis einen Schubs. »Du Witzbold!«

Ein Gefühl für ein neues Abenteuer steigt in ihnen hoch.

»Kommt, steigt ein, langweilig wird es bestimmt nicht. Und etwas Mystik ist auch immer dabei, wenn wir drei einen kleinen Ausflug machen«, schwärmt Pino.

Mattis grinst und meint: »Klar wird das wieder Ärger geben, aber da müssen wir durch! Steigen wir ein! Etwas Abenteuer haben wir uns verdient!«

Mariam lacht zustimmend! Und schwups sitzen die beiden in dem kleinen Auto.

»Schließlich bist du eine Weltsensation!«, schwärmt Mattis.

Pino füllt sich von dem Lob geehrt!

»Wo wollen wir hingehen? Macht einen Vorschlag!«, sagt Pino.

Die beiden überlegen. Dann macht Mattis einen Vorschlag.

»Vielleicht können wir einen kleinen Abstecher in einen supermodernen Freizeitpark mit coolen Achterbahnen machen, bevor wir dann die Welt retten. Mit den riesigen Wasserrutschen, wo man in Baumstämmen sitzt, in schwindelerregenden Höhen kriecht und dann im Höllentempo hinuntersaust und dabei das Wasser nach allen Seiten spritzt. Und die dabei entstehende riesige Wasserwand durchnässt alle, die Umkreis von mehreren hundert Meter stehen.«

Er kommt richtig ins Schwärmen, bis er den strengen Blick von Mariam erhascht. Sie schaut Mattis bestimmt an und schüttelt nur den Kopf.

»Das machen wir sicher nicht. Du wolltest schon bei der letzten Entdeckungsreise in einen Freizeitpark. Dazu brauchen wir den Pino wirklich nicht. Mit ihm können wir eine Zeitreise machen, was sonst unmöglich ist. Mit Pino erlebt man Außergewöhnliches. Wenn wir schon in einem geheimen fliegenden Auto sitzen, dann soll es an einen mystischen Ort gehen. Irgendwohin auf der Welt, wo es geheimes Wissen gibt.

Auch wenn es bei dieser Art von Abenteuer manchmal echt viel Nerven braucht.«

Mattis gibt Mariam recht.

»Das wäre zu einfach, einen Freizeitpark besuchen, wo man auch mit der Familie hingehen könnte! Doch ein kleiner Abstecher wäre trotzdem toll gewesen! Mach du mal einen klugen Vorschlag, Mariam!«, fordert Mattis.

Mariam überlegt: »Venedig, in Italien! Die Stadt ist auf sumpfigen Inseln gebaut. Mit über vierhundert Brücken wurden sie miteinander verbunden. Die Kanäle dienen als Straßen! Oder Paris in Frankreich mit dem Eiffelturm! Oder ...«

»Nein, das geht nicht, zu viele Touristen bevölkern diese Städte! Ist auch zu wenig spannend für Pino und uns!«, sagt Mattis.

»Das Matterhorn in Zermatt in den Schweizerbergen wäre noch eine Idee. Pino könnte uns auf dem Berggipfel absetzen! Wir könnten eine tolle Skifahrt mit dem Snowboard über Schnee und Eis und Gletscher manchen!«, kichert Mariam.

Mattis überlegt und kratzt sich am Kopf: »Kannst du überhaupt so gut Ski oder Snowboard fahren?"

»Ich kann alles!«, grinst sie.

Mattis glaubt ihr nicht wirklich: »Machen wir lieber eine Zeitreise!«

»Wie du willst. In die Vergangenheit oder in die Zukunft? Und wohin? Japan? Bali? Indien?«, fragt Mariam.

Mattis überlegt. Von ihm kommt spontan keine Antwort. Großes Schweigen herrscht.

»Vielleicht auf den Borobudur!«, macht Pino den Vorschlag.

»Wo soll das sein?«, fragen sie.

»Borobudur ist eine der größten buddhistischen Tempelanlage in Südostasien, auf der Insel Java in Indonesien. Erbaut wurde sie zwischen den Jahren 750 und 850. Oder wir gehen auf die Suche nach dem Mount Kailah, das ist der heiligste Berg Tibets. Seine Spitze hat eine außergewöhnliche symmetrische Form. Er gleicht einem Kristall oder einer Pyramide. Immer ist er mit Schnee bedeckt. Wegen seiner religiösen Rolle darf der Berg nicht bestiegen werden.«

»Beides hört sich mega spannend an! Am liebsten möchten wir beides sehen!«, antwortet Mariam.

Mattis holt sein Handy hervor und googelt. »Borobudur ist einer der größten buddhistischen Tempel in Südostasien. Der eindrucksvolle Tempel liegt auf einem Hügel vierzig Kilometer nordwestlich von der Stadt Yogyakarta und ist eines der größten buddhistischen Heiligtümer. Das monumentale Bauwerk ist wie eine Stufenpyramide gestaltet. Die Anlage sticht aus der Umgebung hervor wie ein Ufo aus einer anderen Welt!«

Dann sucht er nach dem Mount Kailash! »Mount Kailash, der heilige Berg Tibets, das kostbare Juwel im Schnee, der Mittelpunkt der Welt, an dem vier der größten Flüsse Asiens entspringen. Undurchdringliche Geheimnisse ranken sich um den Berg. Kein Sterblicher darf den Berg besteigen, wo sich unter den Wolken der Aufenthaltsort der Götter befindet. Wer es trotzdem wagen sollte, wird getötet, heißt es in den alten tibetischen Schriften. Schon zahlreiche Gelehrte versuchten, die geheimnisvollen verstecken Welten des heiligen Berges und die unbekannte Weisheit des Königreichs Shivas zu ergründen. Im Berg soll es Hohlräume geben, sogar Außerirdische sollen dort gesichtet worden sein. Der Berg hat lauter ungelöste Geheimnisse! Uff, das ist ja unglaublich interessant, was ich hier lese!«

»Das habe ich ja gesagt! Das googeln hättest du dir ersparen können«, meint Pino gekränkt.

»Man wird ja wohl noch googeln dürfen!«, gibt Mattis zur Antwort.

»Ach, die Jugend, nichts geht mehr ohne Handy!«, seufzt Pino.

Mariam und Mattis können sich nicht einigen, wohin die Reise gehen soll. Aber eins wissen sie jetzt schon bestimmt: Es gibt noch so viele Geheimnisse auf der

Erde, dass sie noch mehrmals mit Pino herumreisen könnten.

»Pino, du kannst entscheiden, wo du uns hinbringen willst. Die Begegnung mit Deva aus der Goldenen Stadt war beim letzten Ausflug ein einmaliges Erlebnis! So etwas möchten wir wieder erleben. Es gibt ja Geheimnisse auf der Welt, die nicht jeder kennt? Wir beiden kennen sie auch nicht!«

Mariam überlegt angestrengt, was es noch zu entdecken gibt, während Mattis den Bordcomputer startet, um die Reise zu beginnen.

»Geheimes Wissen! Verborgene Welt! Verborgene Stadt!«, murmelt er vor sich hin!

Pino wartet geduldig, um die Reise zu starten. Aber wie es scheint, hat Mattis die richtige Eingabe, um das Projekt zu starten, noch nicht gefunden.

»Meine Lieben, das Bild vom geheimen Wissen ist eigentlich nicht ganz richtig. Das Wissen ist nicht wirklich geheim. Die meisten Menschen können es nur nicht wahrnehmen, selbst wenn es direkt vor ihrer Nase ist. Sie haben so viele Vorurteile, dass es sie völlig blockiert. Was aber ja nicht heißt, dass es nicht da ist, nur weil einige keinen Zugang dazu haben. Aber nun brauche ich eine verbindliche Eingabe!«, drängt Pino.

Mariam schaut gedankenverloren aus dem Fenster und macht im letzten Augenblick einen weiteren Vorschlag.

»Wir könnten uns auf die Spuren der Tempelritter begeben und den Gralskelch suchen.«

Mattis hebt seinen Blick, schaut sie mit erstaunten Augen an.

»Das wäre auch eine Möglichkeit! Um die Tempelritter ranken sich ja zahlreiche Legenden. Sie sollen den Heiligen Gral aufbewahrt haben. Pino, weißt du Genaueres über die Tempelritter?«

»Ja natürlich! Es war der mächtigste Geheimbund der Geschichte. Der Orden wurde 1119 gegründet und diente zum Schutze der christlichen Pilger, welche nach Jerusalem reisten. Sie waren die Begründer der Bank, damit die Pilger nicht ihr ganzes Geld auf Reisen mitnehmen mussten, das ihnen hätte gestohlen werden können. Im Tempel Salomos in Jerusalem war der Hauptsitz der Templer. Man sagte, sie besäßen auch den Kelch des letzten Abendmahls von Jesus mit seinen Jüngern. Die Schätze der Tempelritter sollen unermesslich gewesen sein. Sie verfügten über ein hohes Wissen und waren äußerst kluge Menschen. Die Bruderschaft verstand sich als Hüterin ewiger Weisheit. Das gefiel dem König von Frankreich und der Kirche gar nicht. Und so beschlossen sie, den Templerorden auszuradieren. Am Freitag, den dreizehnten

Oktober 1307 stürmten Soldaten von König Philipp sämtliche Quartiere der Tempelritter in Frankreich. Die Mitglieder wurden gejagt und getötet. Der Großmeister Jacques de Moly wurde auf dem Scheiterhaufen verbrannt. Der Bund der Tempelritter wurde total zerschlagen. Der ganze Besitz ging an den König und die Päpste. Doch war es den Soldaten wirklich gelungen, alles zu zerschlagen, oder konnte ein Teil des Schatzes und das geheimen Wissens gerettet werden?«

Mariam und Mattis schauen sich entsetzt an.

»So brutal! Was glaubst du, Pino? Konnten einige Templer untertauchen und mit dem geheimnisvollen Schatz flüchten?«, fragt Mattis. »Um den Schatz der Tempelritter ranken sich bis heute viele geheimnisvollen Geschichten. Offenbar gelang es tatsächlich einigen Rittern zu entkommen und den Schatz – oder mindestens einen Teil davon – in Sicherheit zu bringen. Gefunden wurde er bis heute aber nicht.«

Mariam seufzt: »Jetzt wissen wir überhaupt nicht mehr, wohin die Reise gehen soll! Pino, starteten wir zu einer Zeitreise!«

»Aber ihr habt euch immer noch nicht entschieden, wohin!«

Mariam und Mattis beraten, können sich aber nicht entscheiden.

»Etwas Lichtvolles wollen wir erleben!«, antwortet Mariam schmunzelnd. »Ich gebe mal ›Zeitreise zu den Gralsrittern‹ ein«, macht Mattis den Vorschlag.

Mariam nickt zustimmend: »Also gut, dann mach das!«

Pino wartet geduldig und erzählt: »Es ist ja auch kein Zufall, dass ich gerade heute gekommen bin. Denn es gibt eine magische Pforte, die nur bei den großen Sonnenfesten offen steht. Bald ist Johanni. Das Fest der Sommersonnenwende ist am einundzwanzigsten Juni. Heute ist zwar erst der dreizehnte, für euch ist es die magische Zeit. Danach schließt sich die Pforte wieder bis zum einundzwanzigsten Dezember, denn dann ist die Wintersonnenwende.«

»So lange können wir nicht warten. Wir müssen jetzt die Gelegenheit nutzen, das Tor zu finden. Jetzt oder nie!«, fügt Mattis hinzu.

»Das klingt ja megaspannend, durch die geheimnisvolle Pforte zu reisen! Wir sind für die neue Zeit bereit!«, jauchzt Mariam.

Es kann losgehen

»Also dann starten wir die neue Zeitreise! Losfahren können wir erst, wenn ihr noch genauere Angaben im Bordcomputer eingebt«, wiederholt Pino nochmals.

Mattis tippt nervös auf der Tastatur herum.

»Ich finde es seltsam, dass alles, was ich eingebe, nicht passt«, brummt er vor sich hin.

Mariam hört Mattis mit seinem Problem gar nicht zu.

»Wir finden das mystische Tor bestimmt! Logisch, dass wir es nur mit einer Zeitreise finden können«, schwelgt sie in ihrer Abenteuerlust und schaut zu Mattis.

Mattis hebt den Blick: »Ja logisch!« Und versucht dann weiter, unter »Zeitreise« und »Heiliger Gral« einen passenden Hinweis zu finden. Anstatt sich auf ein wirkliches Ziel zu konzentrieren, fängt Mattis an zu philosophieren. Oder vielleicht ist es auch seine Taktik, von seinem Problem abzulenken, die passende Eingabe zu finden. Jedenfalls hat sich Pino noch keinen Meter bewegt.

»Die Zeit, gibt es die Zeit etwa?«, fragt er.

Mariam schaut ihn erstaunt an: »Natürlich gibt es die Zeit! Wir werden ja Jahr für Jahr älter und kommen eine Klasse weiter.«

Pino mischt sich ein: »Wir machen eine Zeitreise und halten die Zeit an. Die Zeit geht weiter, die Zeiger der Uhr drehen sich und drehen sich immerfort. Wir können den Augenblick nicht festhalten. Die Zeit existiert nicht!«

»Das glaube ich nicht!«, ist Mariams knappe Antwort.

»Wenn es die Zeit nicht gäbe, wäre alles auf einem Haufen: die Vergangenheit, die Gegenwart, die Zukunft!«, meint der schlaue Mattis.

»Es ist nicht die Zeit, es ist die Veränderung! Wir machen eine Zeitreise, kommen an einen Ort und haben das Gefühl, als wäre nichts dazwischen gewesen«, erklärt Pino.

Mariam schüttelt den Kopf und meint: »Pino, das ist mir echt zu kompliziert.«

Mattis, das Superhirn, überlegt und runzelt die Stirn dazu: »Vielleicht habe ich es doch verstanden. Wenn die Idioten von Staatsmännern mit ihren nuklearen Atombomben spielen, könnte das Ende der Welt näher sein als erwartet! Ein Knall und alles wäre vorbei!«

»Aber was hat das mit der Zeit zu tun?«, fragt Mariam. Sie wickelt eine Strähne, von ihrem dunklen

Haar um den Finger und schaut Mattis herausfordernd an.

Pino mischt sich ein: »Ja, die Zeit ist ein sonderbares Ding!«

Mattis ist ganz hibbelig und rutscht auf seinem Sitz hin und her und lenkt von seinem Problem ab, weil er immer noch keinen passenden Befehl gefunden hat. Jedenfalls nichts, das Pino bewegen könnte loszufahren.

»Ich kann es kaum erwarten, wieder so eine spannende Reise zu starten. Wer träumt nicht davon, in die Vergangenheit oder Zukunft zu reisen! Und mit den neuen Technologien wird vieles möglich, wovon man früher nur träumen konnte.«

Mariam hört gar nicht zu. Ihre Miene hat sich verfinstert und sie reibt sich das Kinn. Dabei schaut sie aus dem Fenster und beobachtet die Menschen. Einige kommen näher und schauen den kleinen Pino von allen Seiten interessiert an. Eine gewisse Spannung herrscht im kleinen Auto.

»Ich bin gespannt auf die Reise. Mattis, mach endlich vorwärts und tippe endlich ein Ziel ein. Aber entscheide dich schnell«, meint sie und lehnt sich zurück.

Mattis wird ganz nervös, verschreibt sich und gibt weiter im Computer ein: »Reise in die Zukunft«, »Reise in die Vergangenheit«, »Reise zu geheimen Welten«. Doch er findet einfach nicht den passenden Hinweis.

Pino meint nicht ohne Stolz: »Wären wir auf die normalen Reisemöglichkeiten angewiesen, hätten wir Stunden oder Tage, Monate für so eine weite Reise. Die Welt ist riesig und was wir suchen, ist wie eine Stecknadel im Heuhaufen. Aber ich bin Pino und kann die Zeit überlisten. Ihr wisst, wenn es brenzlig wird, immer den roten Knopf drücken. Dann werden wir unsichtbar und die Zeit existiert nicht mehr für uns.«

»Ja klar, das wissen wir, dann starten wir das Abenteuer!«, sagt Mattis.

»Pino, du kommst mir vor wie unser Lehrer!«, hänselt Mariam charmant.

»Noch eine letzte Frage habe ich. Wie stellst du das überhaupt an, dass wir beim Drücken des roten Knopfes unsichtbar werden können!«, fragt Mattis.

»Ich kenne das Geheimnis der Antimaterie. Steine, Wasser, Häuser – alles, was wir sehen, besteht aus Materie. Diese Materie gibt es nicht nur auf der Erde, sondern auch im Universum. Schaut man nachts in den Himmel, sieht man den Mond, die Sterne und weitentfernt die Planeten. Ohne Licht gäbe es kein Leben auf der Erde. Es wäre im Universum finster, kalt und leblos. Antimaterie ist eine Energiequelle und erzeugt weder Umweltverschmutzung noch Strahlung. Ein winziger Tropfen würde reichen, einen Tag lang eine große Stadt mit Energie zu versorgen. Es ist ein beinahe unerschöpflicher Energielieferant. Was glaubt ihr, wie sonst könnten wir unsichtbar durch Raum und Zeit reisen, ohne Kenntnis über dieses Geheimnis«, erzählt Pino wie ein Physiker.

»Wow, du bist ja ein ganz Superschlauer! Kein Wunder, dass alle danach forschen!«, lobt ihn Mariam.

»Reisen wir mit Lichtgeschwindigkeit?«, will Mattis noch wissen.

»Wenn die Physikstunde noch lange dauert, dann ist Abend. Pino, du kleines Ufo, flieg mit uns endlich los und suche für uns die Nadel im Heuhaufen. Die Zeit drängt«, wirft Mariam energisch dazwischen, vor allem weil sich immer mehr Leute um das kleine Auto scharen.

Inzwischen sind weitere unzählige Passanten stehen geblieben, schauen Pino erheitert an, als wäre er ein Ufo. Die einen laufen schnell weiter, die anderen geben ihre Kommentare ab.

»Das Auto ist ja wie eine Sardinenbüchse, da möchte ich mich nicht hineinzwängen!«, sagt ein großer Mann.

Ein cooler junger Mann steigt vom Fahrrad und schaut das Auto voller Interesse an. »Das Auto ist ein Wunderwerk, mit neuster Technik ausgestattet. Alles kann berechnet, gespeichert und abgerufen werden«, lobt er.

»Hey, ihr beiden Knirpse, was macht ihr in dem Auto?«, hören sie einen Dicklichen mit Brille sagen.

Mariam kichert: »Mattis, du Knirps, mach endlich vorwärts.«

»Ich brauche noch ein, zwei Sekunden!«

Pino wird ganz nervös.

»Mariam hat recht! Wir müssen schleunigst von hier verschwinden. Zu viel Aufmerksamkeit, zu viele Leute, die uns anschauen! Mattis, gib irgendetwas ein. Damit wir hier einfach nur wegkommen!«

Nervös tippt Mattis ein: »Echte Weisheit«, »Sinn des Lebens« und ... Mariam dreht sich mit entschlossener Miene zu Mattis.

»Los, starten wir endlich! Oder brauchst du noch eine Nachhilfestunde? Gib mal Gralskelch ein!«

»Pino, ich finde es überhaupt nicht lustig, dass du mit keiner Eingabe zufrieden bist!«, ächzt er.

Mattis versucht es weiter und tippt Mariams Idee ein: »Zeitreise zum Gralskelch«!

»Akzeptiert!«, sagt Pino.

Mattis macht große Augen und Mariam schmunzelt verschmitzt.

»Also, dann starten wir. Pino, wir sind bereit!«, jubeln sie.

Der Dickliche mit der Brille will gerade die Autotür öffnen und die beiden herausholen. Genau in diesem Augenblick fährt der kleine Pino los und reiht sich in den Verkehr ein. Da staunt der Dickliche, schimpft mächtig den Abgehauenen hinterher. Schützenhilfe bekommt er von einem Spindeldürren mit Hakennase.

»Unverschämte Jugend! Das haut mich echt um. Jetzt hauen die Knirpse mit dem Auto einfach ab!«, stottert der Dürre.

Nun geht ein richtiges Geschnatter los.

»Das muss der Polizei gemeldet werden«, sind sich am Ende alle Anwesenden einig.

Nur der junge Mann lächelt vor sich hin und besteigt sein Fahrrad. *So ein cooles Auto. Ich wäre auch gerne damit abgehauen*, denkt er.

Doch Pino und seine Mitfahrer hören es nicht mehr. Mit der Aussicht, nochmals so etwas Einmaliges zu erleben, beginnt das Abenteuer für Mariam und Mattis.

»Schnallt euch an, es kann turbulent werden.«

Trotz der Vorfreude ist etwas Unbehagen dabei, denn beide wissen, dass ungeahnte Herausforderungen auf sie warten.

Als die Polizei mit Sirene angebraust kommt, ist der kleine Pino mit seinen Auserwählten schon längst außer Sicht. In diesem Moment sind Mariam und Mattis sich nicht bewusst, dass sie in eine Zwischenwelt reisen werden, die alle Vorstellungskraft sprengt.

Auf der Autobahn reiht sich das kleine Auto geschickt in die Schlange der Autokolonne ein. Dann wird der Verkehr weniger und sie kommen zügig vorwärts. Eine Weile fahren sie die Autobahn entlang und sehen, wie die Stadt an ihnen vorbeifliegt.

Bei der nächsten Ausfahrt verlassen sie Autobahn. Zur Sicherheit schauen sie sich immer wieder vorsichtig um, ob der kleine Pino keine unnötige Aufmerksamkeit erregt hat. Viele Fahrer sitzen alleine im Auto. Einige Frauen kutschieren ihre Kinder herum. Zwei Kinder in einem Auto, das vor ihnen fährt, schneiden aus dem Rückfenster Grimassen. Mariam und Mattis spüren den Drang, darauf zu reagieren. Lassen es aber lieber bleiben.

Sie kurven durch gewundene Straßen und enge Gassen, dann fahren sie über eine Brücke und lassen das Stadtzentrum endgültig hinter sich. Die Einkaufsläden weichen, ältere Wohnhäuser tauchen auf. Die Straße wird einspurig. Dann folgt ein klassischer Fall von Verwirrung. Pino fährt durch ein Labyrinth von kleinen Straßen. Verkehrsschilder gibt es keine mehr. Je weiter sie fahren, umso abenteuerlicher wird die Umgebung. Hinter einer lang gezogenen Kurve tut sich vor ihnen eine schnurgerade Allee auf, von hohen Birken gesäumt. Sie müssen langsamer fahren, weil die Straße deutlich schlechter geworden ist.

Die geteerte Straße endet bald in einer Schotterstraße. Die Fahrt wird dadurch unglaublich holprig. Pino verlangsamt das Tempo. Er kriecht schon fast wie eine alte Schnecke über Schlaglöcher.

»Pino, was machen wir in dieser Gegend? Hast du dich verfahren?«, fragt Mariam erstaunt, aber freundlich.

»In diesem Tempo kommen wir nie an ein Ziel«, flüstert Mattis. Dann hält Pino an.

»Machen wir einen kleinen Halt! Ich muss meine Energie mobilisieren. Dieser Ort ist gut dafür!«, sagt er.

Die beiden sind einverstanden.

Plötzlich kommt Mariam in den Sinn, dass ihre Mutter mit dem Essen wartet: »Mattis, wir müssen uns etwas einfallen lassen, dass wir nicht nach Hause kommen.«

Mattis denkt kurz nach: »Ganz einfach, ich schreibe, ich gehe zu dir nach Hause zum Essen, und du schreibst, du kommst zu mir!«

»Gute Idee! Für solche Notfälle haben wir ja ein Handy!«, kichert Mariam.

Es dauert nicht lange, da liest Mariam die Nachricht ihrer Mutter auf dem Display. »Das nächste Mal kannst du es auch früher mitteilen, wenn du nicht zum Essen kommst. Ich habe bereits gekocht und schon alles warm gestellt. Das macht mich schon etwas sauer, wenn du dich so kurzfristig abmeldest!«

»Ich muss mit Mattis noch etwas Mathe büffeln. Nächste Woche habe wir eine große Prüfung. Wenn ich daran denke, bekomme ich schon Bauchweh und Kopfschmerzen. Ich konnte ja nicht im Voraus wissen, was wir für schwierige Aufgaben kriegen,« liest Mariam Mattis ihre Antwort vor. »Habe ich gerade geschrieben. Gelogen ist es ja nicht. Wir haben ja wirklich komplizierte Matheaufgaben zu lösen. Dazu brauchen wir wirklich den ganzen Nachmittag, um auf dem neusten Stand zu sein!«, kichert sie.

Mattis schubst sie an: »Du tischt diese Ausrede sehr glaubwürdig auf.«

Es dauert nicht lange, da kommt die Antwort der Mutter: »Mit so einem Eifer Mathe büffeln? So kenne ich dich gar nicht!«, liest Mariam.

Noch ein paar Nachrichten werden hin und her geschickt. Sicherheitshalber knüpft sie noch in die Mitteilung mit hinein, dass sie auch am Abend etwas später nach Hause kommen wird.

»Büffeln, nichts als büffeln für die Schule. Bis die Köpfe rauchen«, kichern die beiden.

Es braucht allerdings noch etwas Überredungskunst, doch zum Schluss haben es die Eltern geschluckt. Die beiden grinsen zufrieden und geben sich ein High Five.

»Geschafft! Nun kann es weitergehen!«, frohlocken sie. »Machen wir eine Zeitreise mit einem fliegenden Auto, das auch ein Ufo sein könnte, namens Pino!«, scherzt Mariam.

Auch Mattis ist voller Übermut: »An alle Bewohner ferner Galaxien: Wir starten unsere neue Zeitreise, wir kommen euch besuchen mit dem kleinen Pino! Also los, Pino, starten wir das Abenteuer! Wir sind an Bord!«

»Schaltet euer Handy aus, bevor wir durchstarten! Dann kann man euch nicht ausfindig machen!« Die beiden gehorchen. »In dieser einsamen Gegend beobachtet uns niemand! Seid ihr angegurtet? Wir heben ab zu unserem Flug ins Unbekannte!«

Tarnkappe

Jetzt starten sie durch, heben ab wie ein Ufo, senkrecht in die Höhe! Die beiden sind total überwältigt. Sie fühlen sich wie im Rausch, völlig losgelöst von der irdischen Schwere. Hochstimmung herrscht im fliegenden Auto. Die vertraute Umgebung verschwindet. Bald gleiten sie durch graue Wolken, unter ihnen liegt ein Gewässer, die Wolken liegen wie ein schlafender Drache darüber. Beide sind voller Aufregung.

»Wie fühlt ihr euch?«, fragt Pino.

»Großartig! Einfach großartig!«, sagen sie.

»Unbeschreiblich«, setzt Mattis nach. »Einfach fantastisch!«

Mariam und Mattis lachen. Die ersten Turbulenzen durch Windböen zeichnen sich bereits ab. Das Auto wird hin und her geworfen.

»Pino, könntest du mit uns auch einen Flug ohne die verrückten Abenteuer machen? Mir dir herumzufliegen, ist ja schon verrückt genug!«, fragt Mariam, denn so geheuer ist ihr das Ganze nicht mehr.

Mattis schaut sie erstaunt an: »Das hört sich nach Rückzieher an. Hat dich der Mut verlassen?«

»Sicher nicht! Ich dachte einfach nur so …!«

»Kinder, ihr habt eine große Aufgabe vor euch! Die alte und die neue Welt prallen in der heutigen Zeit aufeinander! Da genügt es nicht, einfach ein bisschen von mir herumchauffiert zu werden! Noch könnt ihr umkehren!«, sagt Pino bestimmt.

Mattis schaut Mariam entgeistert an.

»Umkehren kommt überhaupt nicht infrage! Und überhaupt, was kann schon schiefgehen?«

Zudem ist Mattis´ Neugier, von der er reichlich besitzt, endgültig geweckt. Mariam nickt zustimmend und schweigt. Ganz überzeugt ist sie nicht. Eigentlich lügt sie ihre Mutter nicht gerne an.

So eine kleine Notlüge muss halt sein! Das Einverständnis für eine Zeitreise hätte sie sowieso nie gegeben, denkt sie sich zur Entschuldigung.

Mattis holt sie mit seiner Begeisterung sofort wieder zurück ins Abenteuer zurück.

»Es gibt doch nichts in diesem Leben, was spannender sein könnte als eine Zeitreise mit Pino!«, jubelt er.

»Pino, du kommst mir vor wie ein Hexenmeister! Du musst das Geheimnis der Magie anwenden, um vorwärtszukommen, das nur du kennst!«, fügt Mariam lobend hinzu.

Die öde Landschaft unter ihnen wird von einer Stadt abgelöst. Hochhäuser über Hochhäuser. Dazwischen schlängeln sich Autobahnen. Die Welt von oben zu beobachten, ist ein fantastisches Gefühl. Es dauert nicht lange, da taucht ein Militärflugzeug zwischen den gläsernen Dächern auf.

Der Pilot gibt den Funkspruch durch: »Ich glaube, ich spinne. Unglaublich, aber wahr. Ein kleines fliegendes Auto fliegt vor mir, das ich verfolge! Ich habe das fliegende Auto im Visier, könnte es abschießen! Das Ziel ist in Reichweite. Es sitzen aber zwei Jugendliche darin. Ein Junge und ein Mädchen. Wie bei der Polizei gemeldet!«

»Veranlasse, dass das Auto zu landen! Aber nicht abschießen!«, bekommt er den Befehl.

»Verstanden!«

Das Aufklärungsflugzeug fliegt tiefer hinunter und zischt haarscharf an Pino vorbei! Pino kommt durch den Luftzug ins Schlingern. An Bord herrscht durchaus eine große Besorgnis.

»Das ist ein Wahnsinniger!«, stöhnt Mariam.

»Der will, dass wir landen!«, meint Pino nüchtern. »Machen wir aber nicht!«

Ein wenig unheimlich ist den beiden schon. Angespannt schauen sie durch das Fenster und wagen fast nicht mehr zu atmen. Mariams Magen kribbelt vor Aufregung.

Mattis rutscht auch schon ganz nervös auf seinem Sitz hin und her und schnappt nach Luft. Dann hat er den rettenden Gedankenblitz. Natürlich, den roten Knopf drücken, der sie unsichtbar macht. Er drückt ihn und schon ist nichts mehr von ihnen zu sehen. Sie sind unsichtbar geworden! Das Strahlenschild um das Auto kann vom Radar nicht durchdrungen werden!

»Pino, wir haben dir eine Tarnkappe angezogen!«, grinst Mattis.

Mariams und Mattis′ Blicke treffen sich. Sie klatschen sich gegenseitig ab und kichern.

»Einen Militärpiloten auszutricksen, ist doch eine Meisterleistung!«, kichert Mariam.

Auch Mattis triumphiert: »Unsichtbar zu sein, ist eine megacoole Sache. Ich glaube, die von der Landesüberwachung wollten uns sprechen!«

»Uns vielleicht zu Kaffee und Kuchen einladen! Oder einem Eisbecher!«, grinst Mariam.

»Diese kleinen Klugscheißer haben mich ausgetrickst!«, hören sie den Funkspruch des Piloten. Er schaut auf den Radarschirm, zieht ein paar Kreise, sucht krampfhaft nach Pino und flucht mächtig vor sich hin: »Flugobjekt verloren!« Er wechselt ständig seinen Kurs. Macht einen Sturzflug und zieht die Maschine wieder hoch.

»Das ist nicht gerade die beste Methode, freundschaftliche Beziehungen mit uns zu knüpfen! Der Pilot nervt mich echt!«, meint Pino.

»Mich nervt er auch!«, murmelt Mariam.

Der Pilot kann es einfach nicht glauben, dass das kleine Auto verschwunden ist. Das Kontrollsystem zeigt, dass alles in Ordnung ist.

»Ich habe keine Ahnung, wo das Auto ist! Einfach verschwunden, in Luft aufgelöst«, beklagt der Pilot.

»Wie kannst du dir das erklären? So etwas gibt es nicht! Niemand löst sich in Luft auf, schon gar kein kleines Auto!«, hört der Pilot auf der anderen Seite des Funkes.

»Ich kann es nicht erklären! Aber es ist trotzdem so! Ich bin noch nicht verrückt geworden! «, schreit er zurück.

»Komm zur Basis zurück. Wir schicken eine andere Aufklärungsmaschine!«

Jetzt hört man den gebeutelten Piloten nur noch toben und herumschreien. Er ist beileibe kein Anfänger.

»Den haben wir abgehängt! Auch in der modernen Welt gibt es Rätsel!«, kichert Mattis.

»Schieß doch mal ein Selfie von uns!«, lacht Mariam übermütig. »Fürs Familienalbum!«

»Das geht nicht, wir haben das Handy auf stumm geschaltet.«

»Oh je, habe ich vergessen!«

Sie fliegen weiter über schmelzende Gletscher. Sie pressen die Stirn an die Scheibe und schauen hinunter.

Pino berichtet: »Das Schmelzen der Gletscher hat schwerwiegende Folgen für die Natur. Das Gletscherwasser fließt ins Meer und trägt dazu bei, dass der Meeresspiegel steigt. Millionen von Menschen leben in Gebieten, die umgesiedelt werden müssen, wenn der Meeresspiegel um einen halben Meter steigt.«

Doch die beiden sind so überwältigt von ihrem Himmelsflug, dass sie gar nicht zuhören. Die Gefühle sind zu berauschend. Auf einer Zeitreise mit ungeahnten Abenteuern zu sein.

Inzwischen haben auch Vater und Sohn, die Entwickler vom kleinen Pino, sein Verschwinden bemerkt und die Meldung in der Presse gelesen, dass zwei Jugendliche mit dem kleinen Pino abgehauen und wie von Erdboden verschwunden sind.

»Diese frechen Jugendlichen sind wieder mit unserem Pino abgehauen! Wenn wir diese kleinen Gauner erwischen, dann gibt es mächtig Ärger. Das ist kein Spielzeug für Kinder, das ist Diebstahl! Wenn wir etwas von Pino wollen, dann stellt er sich bockig. Aber bei diesen kleinen Hackern vollbringt er wahre Wunder«, ärgern sich die Besitzer.

Auch Mariams Mutter hat in den Nachrichten vom kleinen Pino erfahren. Stirnrunzelt wählt sie die Rufnummer ihrer Tochter.

»Der Teilnehmer ist zurzeit nicht erreichbar! Bitte versuchen Sie es später noch einmal!«

»Habe ich es mir doch gedacht, dass sie etwas im Schilde führt!«, brummt sie vor sich hin.

Der Spukwald

In schwindelerregender Geschwindigkeit schießen sie weiter und weiter. Mariam und Mattis werden in ihre Sitze gedrückt. Sie schauen verbissen durch die Frontscheibe des kleinen Autos. Mit einem Mal kommt aus dem Nichts ein Windstoß, der immer stärker wird. Sie stellen fest, dass sie direkt in ein Sturmtief hineinfliegen. Der Himmel verfinstert sich schlagartig.

Mit leerem Blick schaut Mariam durchs Fenster, um irgendwo in der Ferne einen Hoffnungsschimmer darauf zu entdecken, dass es eine sanfte Landung geben wird.

Vielleicht kommt eine gute Nebelfee vorbei und gibt einen Hinweis, wo wir landen könnten. Doch das bleibt ein Wunschgedanke.

»Du meine Güte, das wird ja immer verrückter«, jammert sie.

Seelenruhig erzählt Pino: »Der Spukwald war einst ein wunderbarer Wald. Doch dann kamen die Menschen, fällten die alten Bäume und töteten damit den Wald. Sie haben dem Wald die Seele geraubt. Die

Baumgeister, die Elfen und Trolle, welchen den Wald und die Menschen beschützten, wurden davongejagt. Als die Menschen den Wald fast getötet hatten, bekamen sie plötzlich selbst Angst, durch die verschlungenen Dickichte des Waldes zu gehen. Rettung kann es nur geben von Menschenkindern, die keine Angst haben, durch den unbekannten Wald zu gehen. Damit die übrig gebliebenen Baumgeister in den großen erhabenen Bäumen und die anderen Naturwesen wieder Vertrauen in die Menschen bekommen können!«

Mariam schaut Mattis fragend an. »Sind wir wohl damit gemeint, durch diesen Wald zu gehen?«

»Vermutlich schon!«, meint Mattis.

Wie könnte es anders sein, peitscht plötzlich der Regen über Pino und bringt ihn in arge Turbulenzen. Ein gewaltiges Donnergrollen und eine bedrohlich graue Wolkenmasse türmen sich auf. Stirnrunzelnd betrachtet Mariam die Regentropfen, die unaufhörlich an die Fensterscheiben prasseln und seufzt: »Es ist, als plane Gott eine neue Sintflut. Ist das die alte Welt, in der Noah die Arche bauen musste? Oder ist es die neue Welt und Mattis baut uns eine neue Arche?«

»Ha, ha wie witzig!«

Ein lautes Donnern, gefolgt von einer Böe, lässt sie aufschrecken. Sie versuchen durch die hektischen Bewegungen der Scheibenwischer und den trommelnden Regen irgendetwas zu erkennen.

Im selben Augenblick sackt Pino ab wie ein Stein. Eine Welle der Übelkeit schwappt durch ihre Magen. Gemütlich ist es in dem kleinen Auto wirklich nicht.

Mariam stöhnt: »Ich muss bekloppt gewesen sein, mich auf dieses Abenteuer einzulassen.« Ihr Herz pumpt die Nervosität bis in die Ohren. »Einatmen, ausatmen, einatmen, ausatmen.«

Mit dieser Übung können sie sich wieder ins Gleichgewicht bringen. Mariam wischt sich den Schweiß von der Stirn. »Uff, hoffentlich stürzen wir nicht ab! Musst du wirklich direkt durch dieses Unwetter fliegen, Pino!«, schreit sie auf.

»Schrei nicht so, Mariam, du machst Pino und mich nur nervös. Wir stürzen bestimmt nicht ab.«

Mariam wirft ihm einen bösen Blick zu und unterdrückt ein Würgen. »Ich amte tief durch, zähle bis Zehn und hoffe, dann nicht abgestürzt zu sein.«

Der Wind dreht ab und schüttelt das kleine Auto nochmals kräftig durch. Doch er wird schwächer. Zwar bläst der Wind immer noch von vorne, aber nicht mehr so kräftig.

»Ist der Spuk vorbei?«, fragt Mariam zaghaft.

Angespannt schauen sie nach unten. Das Schlimmste scheint überstanden zu sein. Vor ihnen erblicken sie ein Wolkentor, das sich deutlich abzeichnet. Pino fliegt darauf zu. Und in dem Moment, als sie es durchfliegen, beginnen sie zu fallen. Endlos schwebt der kleine Pino auf und ab. Wie eine Feder im Wind wird er emporgehoben, um wieder hinabzusinken. Dabei hüllen sie Farben ein, die sie noch nie zuvor gesehen haben.

»Sind wir hier im Regenbogenland?«, fragt Mariam erstaunt.

»Wir sind bestimmt im Land hinter dem Regenbogen.« Auch Mattis ist überwältigt von diesem Anblick.

Unerwartet schnell lösen sich die Farben wieder auf.

»Das war wie im Traumland. Schade, dass es vorbei ist«, bedauert Mariam.

Es ist, als flögen sie von einem Extrem ins andere. Ein Blick nach unten zeigt unter ihnen einen endlosen dunklen Wald.

»Vermutlich sind das die Bäume, die nicht gefällt werden dürfen. Hier leben noch bestimmt Baumgeister, Elfen und Trolle«, glaubt Mariam. Mattis schaut sie etwas schief an. »Fällt man die Bäume, verjagt man die Naturwesen! Hat sogar Pino gesagt!« Mariam schaut Mattis überzeugt an.

Eine unberührte Natur, Gebiete tun sich auf, die kaum ein Mensch, wenn überhaupt einmal, schon betreten hat. Mariam presst die Stirn an die Fensterscheibe und sieht zu, wie unter ihnen die wilde Natur vorbeigleitet.

»Wir haben Westwind!«, stellt Pino nach einer Weile fest.

»Westwind? Was bedeutet das?«, brummt Mattis und rümpft die Nase.

»Irgendwelche Problem?«, erkundigt sich Mariam. Bekommt aber keine Antwort.

»Wenn wir abgetrieben werden, dann fliegen wir über den Spukwald. Das muss wirklich nicht unbedingt sein! Wir könnten wie von einem Magneten hinuntergezogen werden und dann kann es gefährlich werden. Niemand weiß etwas über diesen Wald. Nur dass er gefährlich ist«, sagt Pino etwas nervös.

»Was soll denn da so gefährlich sein? Ich bin doch nicht abergläubisch und glaube solche Schauermärchen über einen gefährlichen Wald nicht!«, entgegnet Mattis selbstbewusst.

Mariam dreht sich hastig zu ihm um, zieht fragend die Augenbrauen hoch. Sie beginnt, sich mit jeder Sekunde wieder unbehaglicher zu fühlen. Eine nachdenkliche Stimmung herrscht.

Aus heiterem Himmel fängt Pino so sehr an zu zittern, dass es richtig ungemütlich wird.

»Mir wird ganz übel. Sitze ich in einem Schüttelbecher oder einem Auto?«, klagt Mariam.

Mattis zieht es vor, keinen blöden Spruch mehr zu machen.

Pino kommt ins Trudeln und im Zickzack zieht es das kleine Auto abwärts. Sie schlingern sich durch einen gigantischen Wald. Wilde Ranken schlängeln sich hoch bis zu den Baumkronen und verdecken die Sicht. Pino geht in den Sturzflug. Einen Moment sind vor Schreck wie erstarrt.

»Wir stürzen ab!!«, stöhnt Mariam. Ihr Magen hebt sich und ihr wird so übel, dass sie sich beinahe übergeben muss.

Auch Mattis ist kreidebleich geworden und kämpft mit einem Würgen im Hals. »Reiß dich zusammen, Pino, wir sind Menschen, mit uns kannst du nicht solche Sturzflüge machen!«, ermahnt er.

Die beiden holen tief Luft, um sich wieder ins Gleichgewicht zu bringen. Was auch gelingt.

Dunkelgrün, fast schwarz hebt sich ein Gebiet von der üblichen Landschaft ab. Unerwartet steigen geisterhafte Nebel auf. Die Landschaft verschwindet in dunklen Nebelschwaden. Sie werden rasch dichter und hüllen die Abenteurer ein. Mit einem heiseren Krächzen wirbelt plötzlich ein Schwarm schwarzer Vögel um das kleine Auto. Es fällt ihnen auf, dass die Laute der Vögel ziemlich fremd klingen. Die Vögel hören sich gar nicht wie schwarze Krähen oder Raben an. Ein schauriges Gekreische ist zu hören. Verzerrt, unwirklich, wundersam und geisterhaft, als kämen sie aus einer anderen Welt.

»Verfluchter Mist, die Vögel sind echt lässig!«, schimpft Pino.

Die Vögel folgen ihnen, als wollten sie das kleine Auto angreifen. Ab und zu schlägt einer mit seinen Flügeln und dem Schnabel ans Auto. Mit offenem Mund starren sie hinaus.

»Die wollen uns doch einfach nur Angst einjagen!«, meint Mattis kleinlaut.

»Das gelingt ihnen auch!«, haucht Mariam.

Kaum ausgesprochen, erfasst eine Böe den kleinen Pino nochmals. Sie erschrecken bis ins Mark. Jetzt ist es unbestritten, sie werden von dunklen Schatten und den Vögeln richtig heftig attackiert.

»Die wollen, dass wir unsere Reise abbrechen! Doch wir lassen uns nicht einschüchtern!«, hört man vom Pino.

Nervös schauen die beiden Kinder durch das Fenster. Das nervtötende Klopfen am Auto versuchen sie zu ignorieren. Plötzlich werden sie nach unten gezogen und berühren Bäume, Äste, Zweige. Ein Gewirr aus wild wuchernder Natur. Pino kippt etwas zur Seite. Dann saust er zwischen den Bäumen hindurch. Instinktiv schließen beide die Augen, ihr Atmen stockt. Sie hören ein Pfeifen, Klatschen, Knistern und Krachen. Zweige schlagen gegen das Auto.

»Was passiert mit uns? Wo zum Teufel sind wir hier? Wo hast du uns hingebracht, Pino!«, stottert Mariam schockiert. Ein Schaudern überläuft sie.

»Wir müssen die dunklen Kräfte durch die lichten aufhellen«, hören sie Pino sagen. Als gäbe es nichts Einfacheres, als die eigene Gedankenkraft zu mobilisieren, um die eigenartigen dunklen Vögel abzuwehren.

»Wir glauben an deine Stärke. Pino, lass dich nicht unterkriegen! Wie in den Science-Fiction-Romanen werden wir gejagt. Aber wir werden siegen! Ich glaube an dich!«, schreit Mattis.

»Ich glaube auch an dich, Pino! Gemeinsam schaffen wir das!«, brüllt Mariam.

Pino kann sich plötzlich wieder stabilisieren, gibt Vollgas, startet durch und bekommt gewaltig Auftrieb. Sie können dem Nebel entrinnen. Auch das unheimliche Krähen der Vögel verstummt. Es wird wieder friedlich, als wäre nichts gewesen.

Sie bekommen Aufwind und werden nach Osten abgetrieben. Pino ist erleichtert.

»Danke, dass ihr an mich geglaubt habt. Mit eurer Gedankenkraft habt ihr mir einen richtigen Schub versetzt. Das ist gerade noch mal gut gegangen. Ein paar nette Elfen waren es bestimmt nicht, die uns hier begrüßt haben!«

Wohl zwei Minuten lang sitzen Mariam und Mattis reglos auf ihren Sitzen. Ihre Sinne sind aufs Äußerste geschärft.

»Was zum Kuckuck war das gerade, das uns fast zum Absturz gebracht hat? Wir sind haarscharf mit dem Leben davongekommen«, jammert Mariam und zwingt sich, ruhig zu bleiben.

»Vielleicht ein paar fliegende Monstervögel!«, meint Mattis nicht mehr so cool und blickt hinaus zu den sich ständig ändernden Wolken am Himmel.

»Alles nur halb so schlimm!«, gibt Pino zum Besten.

Mariam schubst Mattis und flüstert: »Alles nur halb so schlimm! Der Pino spinnt wohl! Stelle einmal das Navi an! Würde mich interessieren, wo wir sind. Ich glaube, wir sind noch in Europa.«

Gesagt, getan. Natürlich kann das Navi in diesem Niemandsland nichts finden. Mariam steht die Enttäuschung ins Gesicht geschrieben. Sie starrt aus dem Fenster und beobachtet den finsteren Wald unter ihnen.

»Was habt ihr gerade aus dieser Situation gelernt?«, fragt Pino.

Die beiden sind über dieser Frage irritiert. »Gelernt, hast du gefragt? Gelernt?«, wiederholt Mariam.

»Ja, gelernt?«

Mariam schaut erstaunt Mattis an und fragt: »Weißt du, was wir gerade gelernt haben?«

Auch er scheint über diese Frage erstaunt zu sein. »Ich habe begriffen, dass uns im freien Fall speiübel wird!«

Offenbar ist das nicht die gesuchte Antwort.

»Ich sage es euch: »Der Wind hat die Macht, einen Baum auszureißen oder uns zum Absturz zu bringen. Aber er kann den Baum nicht wieder aufrichten oder ein neues Auto bauen. Ebenso kann ein gemeiner Mensch das Werk eines anderen zerstören, aber es nicht wieder in Ordnung bringen. Deshalb muss ein Weiser seine Pläne geheim halten, damit sie nicht von einem Machtgierigen geklaut werden, um sie zu zerstören!«

»Habe ich doch gesagt. Pino, du bist wie unser Lehrer! Auf so eine Idee kannst auch nur du kommen!«, antwortet Mariam mit einem zynischen Lächeln.

Ihre Aufmerksamkeit richten die beiden schnell wieder auf den Wald. Er scheint auf geheimnisvolle Art lebendig geworden zu sein.

Plötzlich werden die Augen schmal und sie blinzeln in ein heller werdendes Licht.

»Irgendetwas Unnatürliches geht da vor«, murmelt Mariam.

Die Wolken bewegen sich schneller und schneller, jagen über den Himmel. Auch Mattis´ beobachtender Blick wirkt äußerst angespannt. »Hoffentlich sind die Monstervögel angehauen!«

Eisige Stille herrscht. Unerwartet erscheinen helle blaue Flecken am Himmel, die Wolkendecke wird dünner.

»Ich glaube, der Spuk ist vorbei!«, beruhigt Pino. »Ich suche einen Platz zum Landen!«

Widerwillig stimmen die beiden dem Vorschlag zu. Interessiert schauen sie durch die Windschutzscheibe.

»Ich bekomme Schüttelfrost, wenn wir hier unten in diesem Niemandsland aussteigen müssen!«, meckert Mariam.

»Was hast du gesagt, Mariam?«, fragt Pino nach.

»Schon gut, es ist nicht wichtig!«

An Bord herrscht eine gewisse Besorgnis, wie Pino zwischen den Bäumen landen soll.

»Wir sind auf einer streng geheimen Aufklärungsmission! Da kann ich nur im Geheimen landen! Jetzt muss ich mich konzentrieren!«, meint Pino.

Mariam rutscht auf dem Sitz aufgeregt hin und her. Mattis hantiert am Bordcomputer herum, gibt «Waldlichtung« ein und starrt aus dem Fenster, wie Pino auf die Bäume zusteuert. Die alten Bäume wirken wie uralte Hüter einer geheimnisvollen Zeit. Kein Mensch kommt an ihnen vorbei, der nicht in der Gunst der Baumhüter steht. Doch das wissen die Abenteurer nicht.

Plötzlich sackt Pino zwischen Baumwipfeln ab. Unter ihnen liegt eine Waldlichtung. Mattis atmet auf. Pino landet holprig, sehr holprig.

»Ach, um Himmels Willen, wo sind wir nur gelandet! Das ist sicher nicht dein Ernst, uns hier aussteigen zu lassen«, murmelt Mariam.

Der unfreiwillige Landeplatz ist ein Ort des Jammers. Gestrüpp, Dornengewächse und ein matschiger Boden.

»Natürlich ist das mein Ernst!«, sagt Pino.

Selbst Mattis gluckst vor sich hin wie ein Frosch. »Nur keine Panik! Sind wir froh, wieder festen Boden unter den Füßen zu haben«, meint er diplomatisch.

»Machen wir gute Miene zum bösen Spiel!«, reagiert Mariam überempfindlich und kickt mit dem Fuß an die Autotür. Sie springt auf.

Mit lauem Gefühl im Magen steigen sie aus. Pino ist echt krass verbeult. Da wird er mächtig Ärger mit seinen Erfindern bekommen. Doch das wird ihn kalt lassen.

»Gut, dass du nur ein Auto bist, Pino! Sonst müssten wir dich notfallmäßig verarzten«, meint Mattis bei Anblick des Jammers.

Sie stehen ratlos da, weil sie nicht wissen, wohin die Reise geht, und lauschen auf jedes Geräusch. Aber sie vernehmen nur ein paar Schreie von Vögeln. Die Gestrandeten bemühen sich, einander Zuversicht zu vermitteln.

»Die Idee einer doppelten Welt ist uns durchaus bekannt. Wenn wir die Auserkorenen sind, werden wir durch diesen Spukwald gehen müssen!«, glauben sie. »Es war doch abgemacht, dass ihr den Gralskelch suchen wollt«, meint Pino.

»Ja, klar!«, murmelt Mattis.

»Ihr habt doch ein ernsthaftes Verlangen danach, die Welt zu retten? Oder nicht? Da muss man einen Umweg in Kauf nehmen. Die Tempelritter hatten auch keine Schnellstraßen, sie ritten auf unwegsamen Pfaden durch das Gebirge und dunkle Wälder. Nur mit ein bisschen Herumfliegen könnt ihr die nicht Welt retten! Ihr müsst eure Sinne öffnen für die Naturwesen. Aber auch für die geistigen Wesen, die einst die alten Welten beherrschten und bewohnten. Für sie war der Himmel keine Grenze, nur das Tor zu höheren Sphären. Nun sind die Wesen auf einer höheren Ebene zu finden! Auf der Astralebene!«, erinnert Pino. Die beiden schauen sich verständnislos an und nicken dann. »Ihr befindet euch auf der Bühne zwischen zwei Welten. Ich habe euch an die Schwelle gebracht, eine unbekannte Welt zu entdecken. Von nun an seid ihr auf euch selbst gestellt!«, ergänzt Pino. Die Jugendlichen schweigen. »Wie entscheidet ihr euch, wollt ihr weitergehen?«, fragt Pino nach.

Beide stimmen zögernd zu, die Herausforderung anzunehmen. Obwohl Vieles für sie ein undurchsichtiges Unterfangen ist.

»Gibt es da draußen überhaupt etwas Spannendes? Ich glaube, seit Hunderten von Jahren ist keine Menschenseele hier durchgekommen«, murmelt Mariam vor sich hin.

Mattis zuckt die Achseln und schweigt. Dann meint er verschmitzt: »Mariam, wenn ich dich so anschaue, entdecke ich an dir glänzende, fast unsichtbare Flügel! Wallendes Feenhaar und einen glitzernden Zauberstab, mit dem du Wünsche erfüllen kannst! Uns kann also nichts passieren! Du bist bestimmt die geheimnisvolle Fee, auf die alle unsichtbaren Wesen gewartet haben, und bringst die nötige Helligkeit mit.«

»Du Scherzkeks!« Dabei huscht ein Lächeln über Mariams Gesicht.

Der Wald besteht aus riesengroßen Bäumen. Die Blätter sind von einem hellen, blassen Grün und die Äste wiegen sich in langsamen rauschenden Bewegungen hin und her.

»Eigentlich kann ich nichts Spukhafte an diesem Wald finden!«, meint Mattis.

Die Suche beginnt

Pino zeigt auf einen Trampelpfad.

»Ich weise euch die Richtung! Es sind mehrere Tore, die ihr durchschreiten müsst. Manchmal sichtbare, manchmal unsichtbare.«

»Danke für den Tipp! Wieso bist du dir so sicher, dass dieser Weg der richtige ist, diese Tore zu finden?«, will Mariam wissen.

»Weil ich einen guten Draht habe zu der unsichtbaren Welt! In dieser Gegend wohnen meine Freunde!«, entgegnet Pino umgehend.

Mattis lächelt gezwungen.

»Wo können hier überhaupt Menschen leben?«, fragt Mariam ungläubig.

In der Tat, nirgendwo zeigt sich auch nur eine Spur von Leben. Pino geht gar nicht auf die Frage ein und redet einfach weiter: »Wo sich der Gralskelch finden lässt, weiß ich nicht! Das ist eure Aufgabe. Ich gebe euch nur ein wenig Unterstützung. Wie ich euch kenne, habt ihr bestimmt den Mut, diesen geheimnisvollen Weg zu erkunden.«

Die Jugendlichen schauen Pino verwundert an. Mattis pfeift leise durch die Zähne.

»Wir haben damit überhaupt kein Problem, diesen Weg zu gehen. Pino, du weißt genau, dass wir nicht anders können. Aber wo, zum Kuckuck, sind wir hier?«, fragt Mattis.

Mariam murrt: »An diesem einsamen Ort höre ich sogar mein Herz schlagen. Ich hätte es eigentlich wissen müssen, dass dieses Abenteuer kein Zuckerschlecken wird!«

»Auf eure Frage, wo ihr seid, gibt es nur eine Antwort!«, meint Pino schelmisch. »Ihr seid im Land zwischen Wachen und Schlafen, zwischen Träumen und Sein.«

Mariam schnappt nach Luft, doch auf diese Antwort fehlen ihr einfach die Worte.

Pino fragt nochmals nach: »Es ist also beschlossene Sache, ihr nehmt die Herausforderung endgültig an! Oder?« Die beiden bejahen mit einem schiefen Grinsen. »Der Weg wird steinig und gefährlich sein, das wisst ihr. Wenn ihr losgeht, folgt der Schlucht. Einfach wird die Suche nicht sein. Aber das wisst ihr ja. Solche Abenteuer brauchen Mut und etwas Gottvertrauen. Achtet auf jeden Schritt, sonst stürzt ihr in die Tiefe. Habt ihr noch eine Frage? Es ist wie der Lebensweg eines Menschen, der verläuft auch nicht immer gradlinig. Und manchmal denken die Menschen, es geht nicht mehr weiter, und da kommt von irgendwo ein Lichtleinen her und schon ist alles halb so schwer.«

»Mmmh!«, murmelt Mariam »Mich würde aber doch interessieren, wo wir in diesem Niemandsland einen Kelch finden könnten, nach dem wir suchen? Hier hat bestimmt niemand einen goldenen Kelch versteckt!«

Pino hat schnell eine Antwort auf die Frage: »Ihr sucht nur nach der Magie, der Kraft des Kelchs! Nicht nach dem goldenen Becher! Es ist der Sog aus dem Jenseits, der euch führt. Denkt euch, die Nacht breitet einen Sternenteppich über die Welt aus und eure Engel haben euch auf diesen Sternenteppich getragen, auch wenn ihr es nicht mehr wisst. Es ist so, dass die Luft unten auf der Welt dick und neblig geworden ist. Und die himmlischen Wesen die Menschen nicht mehr gut sehen und hören können. Die wunderbaren Glitzerfäden, mit denen die Menschen mit ihrem Seelenkleid verbunden sind, werden immer dünner. Und die lichten fernen Welten verschwinden im Dunst. Ihr habt die Aufgabe, mit eurem Seelenlicht wieder eine Brücke zu bauen zwischen den zwei Welten. Findet ihr die Magie aus dem Kelch, wird die Kraft für das Lichtvolle in der Welt verstärkt. Nochmals die Frage: Wollt ihr diese Aufgabe annehmen? Niemand kann den Weg für euch gehen. Die himmlischen Wesen können euch eine Stütze sein, gehen müsst ihr allein.

Schaut euch um, nehmt eure Gefühle wahr, sie werden euch leiten.«

Mariam nickt zögerlich und ist nur zum Teil überzeugt. Doch vom Unbehagen abgesehen, gibt es keinen Grund für ein Zurück. Wer will nicht am Bau der Lichtbrücke mitwirken! Mattis gibt auch sein Okay.

»Das hört sich doch gut an!«, sagt Mattis nicht ohne ein bisschen Stolz, ein Brückenbauer zu sein.

»Pino, wir machen uns auf den Weg, deine Freunde in dieser Spukgegend zu suchen!«, schmunzelt Mariam.

Der geheimnisvolle Tunnel

Gerade wollen sie sich auf den Weg machen, als sich nochmals Pino zu Wort meldet: »Jetzt kommt mir gerade noch etwas in den Sinn, das von Wichtigkeit sein könnte. Habt ihr von dieser seltsamen Geschichte gehört?«

»Welcher Geschichte?«, fragt Mattis.

»Bestimmt nicht, wir wohnen ja nicht gerade um die Ecke!«, giftelt Mariam. »Erzähle uns die Geschichte, Pino!«

Pino windet sich etwas, die Geschichte zu erzählen.

»Erzähl schon, Pino! Wir haben nicht ewig Zeit!«, drängt Mattis.

»Es gibt Gerüchte über seltsame Tunnel. Endlos sollen sie sein, mit vielen Verstecken. Findet man den richtigen Tunnel, soll er zum Mittelpunkt der Erde führen.«

»Das glaube ich nicht!«, unterbricht Mariam.

Mattis schaut sie ärgerlich an: »Lass den Pino einfach einmal ausreden!«

»Danke, Mattis!«, rühmt ihn Pino. »Was weiß man schon von dem, was unter der Erde vor sich geht? Riesige unterirdische Gänge, die sich durch die ganze Erde ziehen, soll es geben. Schon viele Menschen wollten die unbekannten Tunnel erforschen. Sie schickten Aufklärungstrupps hinein. Eine Gruppe nach der anderen ging in die Tunnel, gut bewaffnet. Noch gar nicht so lange her, auch mit modernsten Techniken ausgerüstet. Doch niemand kehrte zurück.«

Mariam schaut Mattis mit großen Augen an. *Hmm, hört sich gar nicht gut an*, denkt Mattis. Um die Situation zu entschärfen, versucht er das Ganze abzuschwächen. »Die Aufklärer waren bestimmt nur Stümper, Anfänger!«, meint er überschwänglich und kichert.

»Ich glaube, du leidest an Größenwahn!«, entgegnet Mariam trocken.

»Man muss ja auch nicht jede Geschichte glauben!«, gibt Mattis zur Antwort und schneidet eine Grimasse. »Wir haben schon so manches Unmögliche geschafft! Uns ist es gelungen, durch den Tunnel mit dem violetten Licht zu gehen, als wir die Goldene Stadt suchten. Viele vor uns haben versucht durchzukommen. Aber uns ist es gelungen! Oder nicht?«

Mariam zuckt nur mit den Schultern. Sie weiß, dass er recht hat. »Wie schön, dass du dir so sicher bist. Aber wenn Pino warnt, dann ist es bestimmt etwas

Unerklärbares, Gefährliches! Mir macht das etwas Sorge!«, murmelt sie.

Pino erzählt weiter, was nicht gerade die Stimmung hebt: »Jedenfalls verschwanden alle! Es waren keine Idioten! Auch die Suchtrupps verschwanden spurlos.«

»Nur, wohin konnten sie verschwinden?«, fragt Mattis nachdenklich und schaut Mariam fragend an.

»Wie soll ich das wissen, wohin sie verschwanden!« Mariam schaut Mattis wütend an. »Das beruhigt mich ja ungemein zu wissen, dass alle sich in Luft aufgelöst haben. Aber ich habe ja einen Superhelden an meiner Seite! Da kann uns nichts passieren!«, meint sie höhnisch.

Mattis schluckt die bissige Bemerkung hinunter. Als wäre noch nicht genug Unheimliches erzählt, fährt Pino fort: »Es war wirklich eigenartig, wie die Menschen verschwanden. Es gab keinen Laut, keine Spuren, einfach nichts.«

Mattis schaut in das nachdenkliche Gesicht von Mariam. Er überlegt, was er dazu sagen könnte, um Mariams Stimmung wieder etwas anzuheben. »Pino, du gehst mir mit deinen Gespenstergeschichten auf den Keks. Vielleicht haben sie den wertvollen Templerschatz gefunden und sind damit abgehauen. Könnte auch sein, dass sie einen Ufo-Landeplatz gefunden haben und von Ufos abgeholt worden sind. Vielleicht sogar entführt!«

Mariam schüttelt den Kopf und meint: »Du hast auch schon Klügeres von dir gegeben.«

Mattis ist etwas sauer, denkt aber nach. »Ich bleibe bei meiner Vermutung. In diesem Höhlensystem gibt es bestimmt einen unterirdischen Ufo-Landeplatz! Oder den Zugang zu einer geheimnisvollen Stadt!«, ist seine Schlussfolgerung.

Pino ergänzt: »Das denke ich schon, dass es ein unterirdisches Höhlensystem gibt. Von einem Ufo-Landeplatz weiß ich nichts. Wie viel von dem Höhlensystem zerstört worden ist, weiß auch niemand. Denn sie haben einen wichtigen Eingang zu einem Tunnel gesprengt! Aber das liegt Jahre zurück.«

Mariam ist wirklich nicht mehr nach Lachen zumute. »Pino, du fliegst uns an den Rand der Welt und hast keine Ahnung, was uns da erwartet. Die Tempelritter waren auf Pferden unterwegs und ihr wollt mir ein Märchen von Ufos auftischen. Geheimer Landeplatz und weiß der Kuckuck was.« Mariam schaut sich um. Die Gegend wirkt wirklich bedrohlich. Eine steile zerklüfte Wand, die vor ihnen aufragt, sieht aus, als wäre sie von Krallen eines Drachen zerfetzt worden. Sie spekuliert weiter: »Vielleicht hausen in diesen Tunnel dunkle Drachen und haben alle Suchenden aufgefressen! Oder das Tunnelsystem führt uns ins Reich der Ratten. Es ist ein Ort, an den sich nicht einmal die mutigsten Abenteurer wagen, außer unser Superheld Mattis!«

»Mariam, du bist wieder einmal recht zickig!«

Mariam verdreht die Augen. »Du klingst wie meine Mutter! Die findet mich auch zickig!« Sie schaut ihn durchdringend an und zieht die Augenbrauen zusammen.

Mattis blickt gereizt zurück und fügt hinzu: »Du übertriffst dich wieder einmal mit deinem Herummeckern. Das bringt uns keinen Meter weiter! Du gefährdest nur unsere geheime Mission!«, sagt er mürrisch.

Zur Beruhigung fügt Pino noch hinzu: »Ihr könnt mich immer rufen, wenn ihr das Abenteuer abbrechen wollt. Dann hole ich euch ab. Aber das geht nur, wenn ihr unter freiem Himmel seid, in einer Höhle kann ich euch nicht holen.«

Mariam stampft auf den Boden, um ihren Unmut abzureagieren. »Scheiße, scheiße, scheiße! Pino, du hast uns nichts anderes als vage Spekulationen zu bieten!«

Mattis streicht ihr liebevoll über den Rücken und meint: »Wir sind hart im Nehmen, das kriegen wir schon hin! Wenn Magie in dir erwacht, ist das Dunkle bekanntlich auch ganz nah!«

Mariam verdreht wieder die Augen und lächelt gequält. Sie atmet ein paarmal tief durch und spürt, wie die Energie zurückkehrt. Dann meint sie mutig: »Da magst du ja recht haben! Also gut, du super Geheimagent, erforschen wir den Geheimgang!«

Mattis lächelt ihr aufmuntert zu und denkt: *Super Geheimagent hört sich gut an!*

»Viel Glück beim Suchen! Wenn ihr der Kraft des Lichtes vertraut und an euch glaubt, dann wird euch alles gelingen. Die Kraft des Lichtes ist eure Waffe!«, macht Pino den beiden nochmals Mut.

»Tschüss Pino! Wir melden uns ab! Dann wollen wir mal den Tunnel erforschen!«, sagt Mattis schwärmerisch.

»Ha ha, wie witzig! Der Geheimagent meldet sich ab. Wer spricht denn da von Wollen. Ihr meint doch, wir sollen in diesen Tunnel hinein!«, flüstert Mariam vor sich hin, während sie den Weg ins Unbekannte unter die Füße nimmt.

Ein schwacher kühler Wind schleicht sich winselnd und fauchend durch die Natur. Mattis folgt ihr schweigend. Nach ein paar Schritten wirft Mariam einen Blick zurück. Pino ist verschwunden. Es gibt also kein Zurück mehr. Obwohl es im Augenblick nicht regnet, ist der Weg nass und matschig vom Regenschauer, der kurz vorher niedergegangen ist. Nur das Aufstampfen der Schuhe durchbricht jetzt noch die Stille.

Den begonnenen Weg müssen sie einfach weitergehen. Sie schauen sich um und nehmen die Natur wahr, die sie umgibt. Wie ein Riesenwurm schlängelt sich der verwilderte Pfad durch die fast unbegehbare Natur. Lianen schlängeln sich von Baum zu Baum. Moos und Flechten hängen von den Ästen. Der Himmel ist fast nicht zu sehen. Immer nur Laub und Lianen und Blumen, Moos und Riesenfarne. Manchmal wird der Wald hellgrün und dann wieder dunkelgrün. Der Weg ist beschwerlich und mühsam. Sie stolpern über verfaulte Baumstämme und verfangen sich in Lianen.

»So tief sind wir noch nie in einen Wald gelaufen!«, ächzt Mariam.

Grabesstille hat sich über das Land der Mythen, der Legenden gelegt. Unermüdlich bahnen sie sich einen Weg durch dieses Labyrinth. Kein Laut ist zu hören, kein Windchen, das bläst, kein Vogel, der zwitschert. Die Landschaft liegt wie erstarrt. Sogar das Wasser eines kleinen Flusses steht grau und reglos. Von Mariam und Mattis wird es also abhängen, das zu ändern.

Der prächtige Vogel

Plötzlich bleibt Mariam stehen, hält den Kopf schräg und lauscht angespannt. Hinter sich glaubt sie einen Zweig brechen gehört zu haben. Sie bleibt stehen und holt tief Luft.

»Was ist?«, fragt Mattis.

»Ein Geräusch!«

»Was für ein Geräusch? Ich höre nichts! Bestimmt kein Grund, nervös zu werden. Hier gibt es bestimmt kleine Tiere, die herumhuschen.«

»Vielleicht habe ich mich getäuscht!«

Ihre Blicke wenden sich wieder der Umgebung zu.

Es dauert nicht lange, da taucht zur Freude ein Vogel auf mit auffallend großem Kopf. Er fliegt ein paar Kreise mit. Seine Flügel haben eine enorme Spannweite und glänzen silbergräulich. Die beiden schauen ihm eine Weile nach!

»Wir sind nicht alleine. Ein wunderbarer Vogel begleitet uns!«, meint Mariam erleichtert.

»Du großer Vogel, du bist wirklich ein Prachtkerl!«, lobt ihn Mattis.

»So einen Vogel habe ich noch nie gesehen! Ist das ein mystischer Vogel, der uns etwas Geheimnisvolles ankündigt? Ist er ein Bote aus der anderen Welt? Oder sogar aus der Unterwelt oder der Zauberwelt?«, rätselt Mariam.

»Aus der Unterwelt bestimmt nicht. Von den Monstervögeln haben wir ja bereits eine Kostprobe erhalten. Das muss ich nicht mehr erleben. Dieser schöne Vogel öffnet uns bestimmt das magische Tor zum Unbekannten! Zu der Welt hinter den Dingen, die mit menschlicher Logik nicht zu fassen sind!«, rätselt Mattis. Er schaut Mariam etwas abwesend an und scheint nachzudenken.

Mariam hänselt: »Du Superboy hast doch nicht etwa Angst vor Vögeln und ihren dunklen Kräften?«

»Ich sicher nicht! Aber man sagt doch, dass Vögel Hüter dunkler Gedanken sein könnten!«

»So einen Mist glaube ich nicht. Dieser schöne, fast weise Vogel ist bestimmt in Freundschaft gekommen«, entgegnet Mariam überzeugt.

»Du Vogelexpertin, was, denkst du, wollten die Monstervögel vorher von uns?«, entgegnet Mattis harsch.

Mariam lächelt: »Vielleicht den Pino oder dich küssen!«

Mattis schielt kopfschüttelnd zu ihr. »Da soll einer die Frauen verstehen! Einmal schreien sie, dass man fast einen Herzinfarkt bekommt, und dann reißen sie blöde Sprüche!«

Ein Schrei des Vogels holt sie wieder in die Realität zurück. Es klingt majestätisch und gebieterisch. Sein Auftritt fesselt die beiden immer mehr. Daraufhin landet der Vogel mit elegantem Flügelschlag auf dem Ast eines knorrigen alten Baumes, wo er sich die Federn sortiert. Dann fängt er an, intensiv sein Gefieder am Bauch zu putzen. Bald hebt er wieder ab und fliegt langsame Kreise über den beiden Beobachtern. Mattis steht wie angewurzelt da, schaut zum Himmel, runzelt die Stirn und sagt überzeugt: »Ich glaube auch, dieser Vogel dient dem Licht!«

Der Vogel wirft ihnen einen letzten Blick zu und mit einem schrillen Vogelruf fliegt er davon. Mattis lächelt ganz verzaubert, ein gewisses Licht leuchtet in seinen Augen.

»Werden wir uns wiedersehen, schöner Vogel?«

Mattis dreht den Kopf Mariam zu. Ganz verzaubert schaut auch sie dem Vogel nach, wie er immer kleiner wird und im Himmel verschwindet. »Mir hat der spezielle Vogel Mut gemacht!«

»Also, wenn du mich fragst, dann sieht es hier aus wie auf einem fremden Planten mit außergewöhnlichen Vögeln!«, schwärmt Mariam.

Eintauchen ins kalte Wasser

Da fährt ein Windstoß durch die Natur und stößt die beiden Suchenden weiter den Pfad entlang. Wohl oder übel gehen sie den erbärmlichen Trampelpfad weiter. Es ist eher ein Durchkämpfen durch ein Dickicht.

»Autsch!« Ein Zweig hat Mariam ins Gesicht geknallt. »Wenn sich in letzter Zeit jemand durch dieses Dickicht gekämpft hätte, würde man das sehen. Dann wäre das Gestrüpp unmöglich wieder voll zugewachsen. Also vermutlich ging die letzten hundert Jahre niemand hier durch!«

»Sehr gut, Frau Superschlau!«, bestätigt Mattis.

Auch der Boden ist unberechenbar, manchmal knallhart und staubig, im nächsten Moment rutschig wie Schmierseife. Sie irren ziellos durch die Gegend. Still ist es hier, dann und wann fliegt wieder ein Vogel auf, huscht von Baum zu Baum. Aber es sind kleine Vögel. Der große schöne Vogel zeigt sich nicht mehr. Ein leichter Wind flüstert im Laub, kein Mensch ist weit und breit zu sehen. Wirklich einladend sieht es hier nicht aus. Aber ein Umkehren gibt es auch nicht. Dann wieder ein heftiger Wind, der sie einfach weiterstößt. Sie gehen langsam, denn der Pfad ist noch miserabler geworden. Er windet sich zwischen Felsbrocken und Baumwurzeln hindurch. Es braucht eine Menge Mut, hier weiterzugehen.

Sie klettern etwa einen Kilometer weit durch Felsen und Bäume nach oben.

»Halt mal einen Moment! Ich brauche eine Verschnaufpause!«, ächzt Mariam.

Der Weg durch die felsige Schlucht wird noch unbegehbarer. Dann geht gar nichts mehr. Mattis und Mariam stehen auf einem Felsvorsprung, unter ihnen die tobende Schlucht voller Abgründe, an denen man leicht zerschmettern kann. Fast senkrecht fällt das Gelände zu einem Bachbett hinab, in dem Wildwasser und mitgerissene Baumstämme schäumen. Ihnen schwindelt, als sie in den Abgrund gucken.

»Durchgang versperrt!«, sagt Mattis mit heiserer Stimme.

Mariam steht wie versteinert da. Es ist, als höre ihr Herz auf zu schlagen.

»Versperrt! Wir sind in einer Sackgasse gelandet. Hier ist Schluss, Aus, Amen!«, kommt es zaghaft über ihre Lippen.

Mattis nickt schweigend und blickt sich forschend um. *Es muss doch einen Ausweg geben!*, denkt er. Ein schroffes Felsgebirge umgibt sie. Vereinzelt trifft das Auge auf einen knorrigen Baum.

»Wir müssen zurück! Jetzt nur nicht den Kopf verlieren.« Mariam verdreht die Augen und seufzt: »Gut, dass ich Nerven wie Drahtseile habe.«

Unschlüssig schauen sie sich an und beraten, wie es weitergeht.

»Ich wünschte, ich hätte ein Maultier, das mich diesen schrecklichen Weg wieder zurückträgt.«, jammert Mariam vor sich hin.

»Hast du aber nicht!«, entgegnet Mattis. »Vielleicht haben wir eine Abzweigung oder sonst einen Hinweis übersehen!«, denkt er laut.

»Wir müssen wirklich zurück! Hier hängen wir fest! Ein Wunder wird hier auch nicht geschehen!«, poltert Mariam. Alles hier wirkt beklemmend.

Sie gehen zurück, schauen andauernd auf die Füße, um keinen Fehltritt zu machen. Immer wieder machen sie einen Stopp und schauen sich um. Mattis Gesicht erhellt sich! Tatsächlich haben sie etwas übersehen. Er zeigt mit dem Finger auf etwas Dunkles. Im Schatten einer Felsmauer entdecken sie einen Höhleneingang. Ein Hoffnungsschimmer. Sie beschleunigen ihre Schritte, so gut es geht.

Minuten später gelangen sie in eine Höhle. Hier ist es feucht und kalt. Mattis leuchtet sie mit seiner Handytaschenlampe ab. Die Feuchtigkeit fährt in die Glieder. Aus einem Riss im Felsen tröpfelt etwas Wasser. Flechten und Moos bedecken die Wände. Die einzige Lichtquelle bildet etwas Glühmoos. Sie tasten die bemooste Wand ab. Nichts Außergewöhnliches zu finden. Keine Geheimtür, die sich öffnet. Nichts, einfach nichts. Trotzdem sind sie wieder voller Zuversicht, das vorgenommene Ziel zu finden. Neugierig erkunden sie den Zufluchtsort und entdecken ganz nah am Felsen eine neue Möglichkeit: einen kleinen Felspfad, der nach draußen führt. Ohne zu zögern entschließen sie sich, diesen Weg zu nehmen. Mattis steckt das Handy wieder in seine Hosentasche. Nun sind sie überzeugt, den Weg gefunden zu haben, der sie zum Ziel führt.

Sie folgen dem Pfad, der nach einiger Zeit nach Norden abbiegt. Bald kommen sie an eine Gabelung, bei der sie geradeaus oder scharf links abbiegen können. Sie beraten. Links vermuten sie, in eine Sackgasse zu gelangen. Sie glauben, an einer Wand eingeritzte Zeichen zu sehen. Also gehen sie geradeaus.

Plötzlich durchbricht ein Flüstern die Stille. Sie fahren zusammen. Verunsichert schauen sie sich an. Das flüsternde Geräusch klingt lockend und zugleich unheimlich. Sie halten inne, schauen sich um. Nichts zu sehen. Nervös schaut Mariam Mattis an und hält den Finger vor den Mund.

»Ihr armen Narren, glaubt ihr wirklich, hier weiterzukommen! Kehrt um!«, glauben sie zu hören.

Mariam streicht sich über die Stirn, wischt die feuchte Hand an der Jeans ab, denn ihre Stirn ist vor Aufregung schweißnass, und flüstert: »Ist das eine Drohung!«

»Wir kehren sicher nicht um!«, sagt Mattis bestimmt.

Dann noch ein Kichern. Das von überall herzukommen scheint. Von innen, von außen, von oben von unten, von hinten, von vorne.

»Mariam, Mattis! Kehrt um! Geht fort!«

Es ist ihnen wirklich nicht mehr zum Lachen, als sie diese Aufforderung hören.

»Wir kehren nicht um! Wer spricht überhaupt mit uns? Zeige dein Gesicht, du blöder Angstmacher!«, schreit Mattis.

Sie lauschen in die Stille und hoffen auf ein Echo. Nichts passiert.

»Einfach nur weg hier!«, flüstert Mariam.

Mattis stimmt zu. »Wir gehen nun weiter, du blödes Gespenst!«, ruft Mattis ins Leere.

Schnurstracks gehen sie geradeaus und beschleunigen ihre Schritte, so gut es geht. Der Pfad durch die Schlucht ist wirklich gefährlich. Die Felswand ist glatt und schimmert feucht. Sie schauen sich immer wieder um, doch niemand ist ihnen auf den Fersen. Die Luft ist feucht und zehrt an den Kräften. Nach einer Weile macht Mariam eine Verschnaufpause, lehnt sich kurz gegen die Wand. Doch die Feuchtigkeit kriecht schnell durch ihre Kleider.

»Vor wem rennen wir eigentlich davon?«, keucht sie.

»Ich weiß es auch nicht! Vielleicht vor einem Gespenst?«, antwortet Mattis. Verblüfft schaut Mariam Mattis an. »Es ist nur eine Vermutung mit dem Gespenst!«, antwortet er.

»Theoretisch möglich. Doch dieses Spiel wird mir echt zu blöd! Soll sich dieses Gespenst zeigen, wenn es etwas von uns will!« Darauf schluckt Mariam. So geheuer ist ihr die Sache doch nicht.

Es herrscht eine unheimliche Stille, die nur vom Rauschen und Gurgeln eines unterirdisch fließenden Flusses unterbrochen wird. Manchmal möchten sie nicht mehr weitergehen aus Angst, in die Tiefe zu stürzen. Aber im Herzen fühlen sie sich stark genug, sich diesem Hindernis zu stellen.

Die Strapazen haben sich gelohnt. Der Pfad wird unerwartet einfacher und führt nach Osten weiter und hinunter zu dem unterirdischen Fluss. Den gilt es auch noch zu überqueren. Der Fluss ist nicht tief, aber das Wasser ist kalt. Angespannt blicken sie sich um. Die andere Seite des Flusses wirkt wie eine weiße Nebelwand. Genau dort müssen sie hin.

»Durch diese Nebelwand zu gehen, scheint uns, in eine andere Dimension zu führen«, rätselt Mattis.

»Wir wissen nicht, was uns dort erwartet! Mir schaudert, in das kalte Wasser zu steigen«, erwidert die junge Lady. Sie starrt ins Leere und wirkt blass. Dann zuckt sie zusammen und starrt um sich.

»Was hast du?«, fragt Mattis.

»Da ist es wieder. Das undefinierbare Kichern.«

»Jetzt höre ich es auch!«

Sie gehen ein paar wenige Schritte.

»Oh nein, wir werden das Unbekannte nicht los, das uns verfolgt!«, stöhnt Mariam.

Dann tönt es aus dem Kichern: »Hey, ihr beiden, was macht ihr eigentlich hier? Ich bin der Hüter Schwelle! Keiner kommt an mit vorbei, der nicht dazu berufen ist!«

»Wir sind aber dazu berufen!«, brüllt Mattis zurück. Dann herrscht Schweigen.

»Verschwinden wir hier, schleunigst!«, flüstert Mariam Mattis zu.

Mattis nickt zustimmend. »Wer hat wohl den Spuk angezettelt, um uns einen solchen Schrecken einzujagen?«, rätselt Mariam.

»Hier unten sind wir von der Außenwelt abgeschnitten. Wir müssen das Risiko eingehen, ans andere Ufer zu gelangen!«, sagt Mattis bestimmt.

Ohne Widerrede holt Mariam tief Luft und mit vorsichtigen Schritten tritt sie ins kalte Wasser ein. Mattis folgt ihr. Der kleine Fluss fließt träge, als sie ihn anfänglich durchwaten. Das Wasser reicht bis an die Knöchel, dann bis an die Knie ... Bis zu den Lenden. Mariam taumelt einen Schritt zurück und fällt ins Wasser. Mattis streckt ihr die Hand entgegen und – plumps – fällt auch er hinein. Schlotternd richten sie sich wieder auf. Gehen weiter.

Plötzlich, als sie die Mitte erreicht haben, werden sie unerwartet von einer Strömung mitgerissen. Sie verlieren den Halt unter den Füßen und tauchen unter. Schockiert schnappen sie nach Luft. Ein Schrei und dann ist nur noch ein Gurgeln zu hören. Es ist, als würde eine Kraft sie nach unten ziehen. Das ist natürlich alles kein Zufall. Freiwillig wären sie nie untergetaucht.

Das Eintauchen in dieses Wasser ist wie eine Reinigung. Doch das wissen die beiden nicht. Für sie ist es ein unangenehmes Eintauchen in kristallklares kaltes Wasser. Sie tauchen wie zwei Blinde durch den rosagetönten Nebel und schwimmen keuchend ans andere Ufer. Am ganzen Körper zitternd, stehen sie am anderen Ufer, in einer feuchtkalten Dunkelheit.

»Geschafft! Dieser Tauchgang war recht happig! Ich hätte auf der anderen Seite des Flusses etwas Schöneres erwartet!«, stottert Mattis und schüttelt sich wie ein Hund.

»Happig nennst du das? Es war mehr als krass. Hoffentlich kommen wir bald ins Freie, mir ist unglaublich kalt! Ich zittere und bin bis auf die Haut durchnässt. Aber immerhin leben wir noch!«, kreischt Mariam mit klappernden Zähnen.

Sie atmen tief durch und versuchen im Dunkeln einen brauchbaren Hinweis zu entdecken. Da, ein Hoffnungsschimmer! Sie entdecken ein paar Stufen, die in den Stein gehauen sind.

»Gehen wir diese Stufen hoch!«, macht Mattis den Vorschlag.

»Ja, es bleibt uns ja nichts anders übrig! Gehen wir, bevor ich hier unten noch Platzangst bekomme, ausraste und erfriere!«

Bald durchschreiten sie eine Öffnung, die wie ein Tor zu einer anderen Welt ist. Sie treten ins Freie und müssen die Augen zusammenkneifen. Warme Luft schlägt ihnen entgegen.

»Noch nie war ich so glücklich, unter freiem Himmel zu stehen und zu fühlen, wie kostbar die wärmende Luft ist«, stellt Mariam fest.

Die Wärme strömt in ihre Glieder, in ihre Brust, in ihre Kehlen, in ihre Köpfe.

Vier Bäume

Zuerst scheint sich ein violetter Nebel zu lichten und gibt die Kontur einer rotvioletten lichtdurchfluteten Landschaft frei. Es scheint, als hätte jemand mit großen Pinselstrichen eine Zauberlandschaft gemalt. Der Duft der Blumen, die Pracht der Farben und das strahlende Licht bezaubern und im Hintergrund ist ein grüner Wald zu sehen. Sie gehen den Weg weiter, unter prächtigen Bäumen, die sich an den Ästen zu einem Dach zusammenfügen. Obwohl sie keine Ahnung haben, wohin der Weg führt, fühlen sie sich wieder gut. Ein lieblicher warmer Wind weht ihnen durchs Haar. Je weiter sie gehen umso wärmer wird es. Beim Gehen haben sie Zeit, sich wieder aufzuwärmen. Lange geschieht nichts Außergewöhnliches.

Plötzlich liegt ein eigentümlicher Klang, kaum vernehmbar, in der Luft. Die Lauschenden glauben, diesen Klang auch schon gehört zu haben. Aber auch wenn sie sich noch so anstrengen, sie können sich nicht erinnern, wann das hätte sein sollen.

Nun gilt ihre Aufmerksamkeit vier Bäumen, die sie in der Landschaft entdecken. Leise rauschen ihre Baumkronen. Gewöhnliche Bäume sind das nicht. Am Baum ganz links hängen tausende von Tränen. Daneben steht ein Bäumchen mit wunderbaren grünen Blättern. Der dritte Baum ist behängt mit Perlen. Und der vierte Baum ist eine immergrüne Zeder.

»Mattis, was, denkst du, wollen die vier Bäume uns sagen?«

»Ähh, gute Frage, ich weiß es auch nicht. Es ist, als müssten wir Puzzleteile zusammentragen zu einem Gesamtbild!«

Und dann ist wieder der Klang da. Zu ihrem Erstaunen taucht unerwartet ein alter Mann zwischen den Bäumen auf. Ein gewaltiger silberfarbener Bart wallt ihm bis auf die Brust. Trotz seines offenbar hohen Alters kommt er ungebeugt und mit festem Schritt auf sie zu. Zur Begrüßung senkt er ein wenig sein Haupt. Dabei scheint ein Lächeln sein Gesicht zu durchziehen.

»Was führt euch zu mir?«, werden die Suchenden gefragt.

»Wir suchen den Gralskelch! Kannst du uns dabei behilflich sein?«

»Die Antwort liegt in den vier Bäumen!«, bekommen die beiden zur Antwort.

Erstaunt betrachten sie die Bäume und versuchen daraus schlau zu werden. Mit interessiertem Gesicht betrachtet der alte Weise die beiden eine Weile.

«Ihr beiden Wanderer im Weltengetriebe, habt ihr die Antwort gefunden?«

Die beiden haben keine Ahnung, was sie antworten sollen. Von der Schönheit seiner Stimme sind sie aber überrascht.

»Hast du eine Idee, was die Bäume bedeuten könnten!«, fragt Mattis.

Mariam schüttelt den Kopf. Es bleibt dabei, auf die Frage wissen sie keine Antwort.

»Dann kläre ich euch über die Bedeutung der Bäume auf. Der Tränenbaum zeigt euch das normale Leben. Freude, Leid, Geburt und Tod. Der grüne Baum zeigt euch die Anstrengungen im Leben, um ein guter Mensch zu sein. Der Perlenbaum symbolisiert die Früchte der Weisheit und der immergrüne Baum zeigt euch, dass alles, was ihr zum Guten erarbeitet habt, nie mehr verwelkt. Nun geht weiter auf eurem Seelenweg. Findet den Kelch mit dem heiligen Licht, damit die Menschenseelen wieder leuchten und weniger Tränen auf der Welt vergießen müssen!« Er verbeugt sich, ein liebliches Lächeln liegt auf seinen uralten Gesichtszügen. »Friede sei mit euch über alle Grenzen. Ihr habt den Ruf vernommen, über eure Grenzen zu gehen, und wir werden euch dabei weiter behilflich sein. Lebt wohl, junge Freunde!« Dann dreht er sich wortlos mit langsamen Schritten um und verschwindet zwischen den Bäumen.

Mariam stupst Mattis mit dem Ellbogen an und zwinkert. Rauschend fährt der Wind durch die Äste der Bäume. Er spielt mit den Zweigen. Den Erstaunten ist, als verwandle sich der Klang von vorher zu Harfenmusik, die der Wind den Bäumen entlockt. Die Verwunderten lauschen, wie die Töne hoch zum Himmel steigen und sich über die ganze Welt verbreiten. Die Töne haben eine so große Kraft, dass es Mariam und Mattis fast schwindlig wird. Es ist wie im Traum. Dann wird es still. Das Rauschen des Windes verschwindet und mit ihm auch die Zauberwelt.

Die rotviolette lichtdurchflutete Landschaft wird wieder zu einer ganz normalen, in der vier ganz gewöhnliche Bäume stehen. Die Suche geht für Mariam und Mattis weiter. Eigentlich wäre es immer noch traumhaft schön, wenn nicht unliebsame Wegbegleiter sich zu ihnen gesellen würden. Richtig nervig werden die einsamen Wanderer plötzlich von Mücken verfolgt.

»Wir müssen schnell weiter weg vom Fluss! Hier ist es feucht und sumpfig!«, sagt Mattis.

»Hier ist wirklich kein Ort für ein gemütliches Picknick! Schade, dass der Alte verschwunden ist und mit ihm die Zauberwelt. Rennen wir landeinwärts!« Mariam zieht das T-Shirt über den Kopf und rennt los.

Mattis folgt ihr kichernd. Wie zwei Tiere auf der Flucht rennen sie landeinwärts. Es ist eine unglaublich einsame Gegend. Nach ein paar Minuten kräftezehrenden Spurts halten sie keuchend bei einem mächtigen Baum an. Sie stützen sich auf die Oberschenkel, atmen mehrmals tief durch und schauen sich dabei um, die Augen auf die Landschaft gerichtet. Unter dem knochigen Baum lässt sich gut nachdenken. Es scheint, dass sich das Licht der Sonne etwas verändert hat. Jedenfalls scheinen sie die lästigen Mücken losgeworden zu sein.

»Auch das ist nicht einfach nur ein Baum!«, stellt Mariam fest, als sich ihr Atem wieder etwas beruhigt hat.

Die große Zypresse scheint mehrere hundert Jahre alt zu sein. Die Wurzeln reichen hinunter in eine Höhle.

»Das ist ein Weltenbaum, der sich bis in den Himmel erstreckt hat«, staunen die beiden.

Etwas rechts davon ist ein uralter Brunnen von einer niedrigen Steinzisterne umgeben. Der Brunnen ist tief. An einer Kette hängt ein Becher. Sie lassen den Becher in die Tiefe hinunter und schauen ihm nach. In den Tiefen spiegelt sich ein Gesicht von einem Weißgekleideten. Sie erschrecken, wenden den Blick ab und schauen nochmals hinunter. Doch sie sehen nur noch ruhendes Wasser, in dem sie sich spiegeln.

»Hast du den Kopf da unten auch gesehen?«, fragt Mariam erstaunt.

Mattis nickt. Sie schauen nochmals und nochmals in den Brunnen. Doch das Gesicht spiegelt sich nicht mehr.

»Ich glaube, wir haben zu viel Fantasie!«, meint Mattis und zieht den Becher langsam hoch. Er ist gefüllt mit Wasser. Sie trinken und trinken und lassen den Becher wieder hinunter. Sie können davon gar nicht genug bekommen. Es ist nicht einfach nur Wasser, das merken sie schnell. Freude erfüllt sie beim Trinken, von Kopf bis Fuß. Sie fühlen sich wie neugeboren.

Weiter führt der Weg auf eine Ebene und folgt einem langen Abhang hinunter in ein Sumpfland von Zypressen und Hyazinthen.

»Ich glaube, wir bewegen uns in einem Land von uralten Bäumen! Unglaublich toll!«, begeistert sich Mariam.

Nach einer Weile kommen sie an ein zerfallenes Haus. Es ist wirklich baufällig, die Holzbalken sind wurmstichig. An der Tür sitzt ein Riegel und um den Riegel ein Hängeschloss. Sie rütteln daran, können das Hängeschloss aber nicht aufmachen. Mattis schaut sich wie ein Detektiv um.

»Irgendjemand war kürzlich hier! Mariam, sieh dir die Spuren im nassfeuchten Gras an.«

Mariam hat in der Zwischenzeit durch eine milchig trübe Fensterscheibe geschaut und versucht, einen Blick auf das Innenleben der Hütte zu erhaschen. Eine Herdstelle befindet sich auf dem Fußboden. Mehr ist nicht zu sehen. Über der Eingangstür entziffern sie den völlig verwitterten Spruch, der dort geschrieben steht: »Man kann nicht auf der Erde leben, ohne von ihr zu leben!«

Mattis überlegt: »Das habe ich mir noch gar nie so überlegt! Wir essen eigentlich die Erde auf.«

»Ja, du hast recht, Mattis! Wir essen Gemüse, Früchte, Getreide, Reis, Tiere ... Einfach, was Mutter Erde uns zum Überleben gibt.«

»Wir können die Welt auch kaputt essen!«, philosophiert Mattis.

Mattis versucht nochmals, das Hängeschloss mit aller Kraft zu öffnen. Der Riegel reißt aus, gibt nach und die Tür öffnet sich.

»Vielleicht findet sich in dieser Hütte der Gralskelch. Könnte ja sein, dass sich hier die Tempelritter versteckt haben«, rätselt Mariam.

»Nein, die Hütte kann nicht so alt sein!«, meint Mattis.

Viel gibt es in der Hütte nicht zu sehen. Sie ist wirklich spärlich eingerichtet.

»Diesen Kraftakt hättest du dir sparen können«, meint Mariam, als sie die Hütte betritt. »Das ist einfach eine alte verlassene Hütte! Ohne spezielles Geheimnis!«

Trotzdem sucht Mattis das Innere der Hütte genauestens ab. Doch auch er kann nichts Außergewöhnliches finden.

»Hast du gedacht, das wäre eine Goldgräberhütte und du würdest einen verborgenen Schatz finden? Oder eine Schatzkarte zur Gralsweisheit?«, hänselt sie Mattis.

»Ich denke, da hat ein weiser Mann gelebt, ein Eremit! Sonst würde bestimmt nicht der Spruch über der Tür stehen!«, rechtfertigt sich Mattis.

»Mattis, du magst ja recht haben, dass hier ein Eremit gelebt hat. Aber du hast gerade eine Straftat begangen und bist eingebrochen«, kichert sie. »Aber jetzt müssen wir weiter!«

Mattis schaut sie treuherzig an und versucht den Riegel wieder zu befestigen, welcher die Tür verschlossen hat.

»Schadensbegrenzung, nennt man das!«, grinst Mariam.

Der Zauberspiegel

Sie horchen und schauen sich um. Der Gesang und das Trillern von Vögeln sind wieder zu hören. Diese segeln im stetigen Wind, der sanft weht. Ein Vogel wetzt unaufhörlich denselben Ton. Um sie herum riecht es nach Wald, nach Abenteuer, nach Spannung. In der Krone eines Baumes ist sein Nest.

»Dieser Ton nervt mich langsam, der Vogel ist eine richtige Nervensäge!«, beklagt sich die junge Lady. Der Weg teilt sich.

»Wir müssen nach links!«, ist Mattis sich sicher.

»Wieso bist du dir so sicher?«, fragt Mariam.

»Weil dort links der Vogel auf dem Baum sitzt, über den du gerade gemeckert hast.«

Der Vogel schüttelt sein Gefieder, steigt hoch in die Lüfte über seinem Nest. Er umkreiste es ein paarmal mit ausgebreiteten Flügeln.

»Du hast recht, Mattis! Er zeigt uns den Weg! Entschuldigung, krächzender Vogel, dass ich deinen Gesang kritisiert habe! Doch er hat noch Verbesserungspotenzial!«, schmunzelt sie.

Der Vogel mit ausgebreiteten Flügeln kreist über ihnen und krächzt weiter. Mit eindringlichem Blick verfolgt er sie. Er ist ein Wächtervogel und hat gerade mit seinem eigenartigen Gekrätze die beiden Suchenden in der anderen Welt angemeldet.

»Sie sind es!«, krächzt er. Doch das erahnen die beiden nicht. Dann verklingt sein Krächzen zu einem geheimnisvollen Piepsen und er fliegt durch die Wolken davon. Wolken so weiß wie Wellenschaum schrumpfen und dehnen sich aus wie Flügel. Über ihnen formt sich eine rosagoldene Wolkenwelt aus Dunst und funkelnden Sonnenstrahlen.

»Es ist wie im Märchen, in dem ein Zauberer aus den fließenden Wolken schaut«, findet Mariam.

»Du hast recht, Mariam, die Wolken sind wie Geister. Manchmal denkt man, sie nehmen Gestalt an, und bleiben dann doch, was sie sind: nur Dunst!«, analysiert Mattis die bewegenden Wolken.

Ein Rauschen und Brausen fügt sich zu einer Melodie zusammen, die aus der Tiefe der Erde und aus den Weiten des Universums kommt. Eine seltsame Schwingung durchpulst plötzlich ihre Körper. Seltsame Lichter erscheinen, fließen ineinander. Aus einer weißen Wolke, die gespickt ist mit blauvioletten Lichtsubstanzen, formt sich wieder der prächtige Vogel. Sein Vogelruf erklingt klar wie eine Silberglocke! Der schöne Vogel ist zu ihrer Freude wieder da. Er ist ein Wundervogel, der nur alle sieben Jahre erscheint. Gekommen ist er, um sich mit seinen mächtigen Kräften und den Erdenmenschen zu verbinden.

»Mattis, schau dir diese Wolke über dem Vogel an: Jetzt gleicht sie einem Kristall, jetzt einer Rose und jetzt einem Engel.«

»Das ist wirklich wie Zauberei! Stehen wir an einem Wolkenportal von einer Welt zur anderen?«, antwortet Mattis.

Sie lassen den Prachtvogel nicht aus den Augen. Aus der Höhe lässt der Wundervogel an einer langen glatten Goldkette, ein sonnenfarbenes Buch herunter. In dem Moment, als sie das Buch in den Händen halten, scheint sich das Licht um sie herum zu verändern. Weil sie sich aber so sehr auf das Buch konzentrieren, merken sie es gar nicht. Das Buch ist federleicht und besteht aus lauter leeren Seiten. Sie blättern Seite um Seite um in der Hoffnung, irgendeinen Hinweis zu finden.

»Ist das ein magisches Buch, das nur Auserwählte lesen können?«, fragt Mariam.

»Hmm, ein magisches Buch... Könnte schon sein.« Mattis hält es ans Licht und blättert die leeren Seiten durch.

Das Licht wird noch stärker. Da erscheinen seltsame Zeichen und Symbole auf dem ganz dünnen Parament. Die Zeichen und Symbole fangen an, sich zu bewegen. Sie grübeln, was das alles bedeuten könnte. Plötzlich ist ihnen, als löse sich ein Schutzschleier, eine Art Schlüssel zu einer verborgenen Welt. Die Seiten füllen sich mit einer geheimnisvollen Schrift. Sie kneifen die Augen zusammen und versuchen die fremdartigen Wörter zu entziffern. Doch es gelingt nicht. Die Buchstaben ergeben keinen Sinn. Jedenfalls keinen, der sie weiterbringt.

»Ist das Latein?«, fragt Mariam.

Mattis schüttelt sichtlich genervt den Kopf. Dann huscht ein freudiger Schimmer über ihre Gesichter. Unerwartet können sie einen Satz auf einer Seite lesen.

»Das Buch offenbart demjenigen sein Wissen, der dafür bereit ist.«

Mariam dreht sich erstaunt zu Mattis um, zwinkert mit dem Auge und meint: »Also gut, wir sind bereit und gespannt auf das geheime Wissen.«

Der Vogel will die alte Weisheit der Urahnen einer neuen jungen Generation weitergeben. Dieses Buch kann man nur in den Träumen oder mit einem strahlenden Herzen lesen. Aber das wissen die beiden nicht. Doch wer es einmal in der Hand gehalten hat, der wird im Lichtreich aufgenommen. Denn Träume führen uns in die Zwischenwelt, sie können den Weg weisen ins Licht. Träume können die Vergangenheit und die Zukunft verbinden. Mariam und Mattis verfügen über die Fähigkeit, das gedämpfte Licht wieder zum Strahlen zu bringen. Sie sind die Zukunft – mit vielen anderen Kindern –, für die sie diese Welt von ihrem zerstörerischen Kurs abbringen müssen.

Lange halten sie das Buch in der Hand und versuchen weitere Botschaften zu entziffern. Aber das Buch bleibt für sie ein ungelöstes Rätsel.

Mariam richtet ihren Blick nach oben: »Schöner Vogel, was willst du uns wirklich sagen? Auch Mattis, Mister Superschlau, kann diese Schrift und diese Zeichen nicht lesen!«

Nachdenklich schaut er sie an und dann richtet er auch seinen Blick hoch zum Vogel. Wie aus weiter Ferne weht ihnen ein Lufthauch entgegen. Es ist, als würde das Buch lebendig werden. So ist es auch. Die beiden erwecken das Buch zum Leben. Es flüstert sanft. Und plötzlich haben sie das Gefühl, dass dieses Buch zu einem Zauberspiegel wird. Sie blicken in die großen Hallen der fernen Welten.

»Kinder, verbindet euch mit den großen Kristallstädten in der Erde, auf der Erde und im Kosmos. Damit sich die heiligen Lichtstrukturen wieder miteinander verbinden können. Tretet ein in unseren Kreis, damit die Funken der Liebe wieder auf der Erde gesät werden können. Mögen die Weisen für euch weitere Türen und Portale öffnen. Ihr seid die Brücke und nicht zufällig hier. Doch niemand kann das Land der Träume besuchen, der nicht das Zeichen der Liebe auf der

Stirn trägt. Das wisst ihr. Ihr seid Teil eines großen Plans, in dem euch eine besondere Aufgabe zugeteilt wurde. Die alte Ordnung vergeht. Ihr müsst eine neue schaffen«, spricht der Zauberspiegel.

Wortlos schauen sich die Angesprochenen mit großen Augen an. Sie versuchen den tiefen Sinn der Worte zu erfassen.

Kaum sind die Worte ausgesprochen, breitet der mächtige Vogel wieder seine Flügel aus, flattert hin und her. Blitzartig wird der Himmel zu einer Lichterpracht. Es ist ein Gefühl, als kreisten diese Lichter um die beiden Staunenden.

Ihre Ohren hören die Worte: »Im Herzen müsst ihr das Gold suchen! Das Innere muss die äußere Finsternis durchbrechen. Lebt wohl, junge Freunde, und viel Glück auf eurem weiteren Weg! Eigentlich seid ihr noch viel zu jung für so eine große Aufgabe. Aber der Große Rat der Weisen Männer hat euch für diese Aufgabe bestimmt.« Dann zieht er das geheimnisvolle Buch an der Goldkette hoch und verschwindet damit in den endlosen Weiten des Universums. Eine blaue Wolke am Himmel formt sich zu einer goldenen Blume. Aus dem Licht der goldenen Blume rieselt es Goldstaub auf die Erde herab.

»Sind das hellsichtige Fähigkeiten, die wir gerade entwickelt haben?«, fragt Mattis erstaunt.

»Das war so unglaublich! Echt cool!«, bestätigt Mariam.

Es ist als erwachten sie aus einem Traum. Weiße Wollbüschel, wie Blumen, um sie herum glänzen im Sonnenlicht. In der Luft das Summen unzähliger Insekten.

»Nun sind wir wieder in diesem Niemandsland aufgewacht und werden von den Mücken geküsst!«, jammert nun auch Mattis.

Die Mücken verfolgen sie unerbittlich. In der Nähe rauscht ein kleiner Bach. Unmittelbar neben dem Bach ist der Boden uneben und voller harter Grashöcker und von Grasbüscheln überwachsen. Die Höcker sehen aus wie riesige Schädel, die aus der Erde ragen. Instinktiv umgehen sie die Hindernisse und kommen zum Bachlauf. Sie setzen sich auf einen großen flachen Stein und schauen dem fließenden Wasser zu. Alles wäre so schön und friedlich, wenn nur nicht die Mücken wären. Eine echte Plage sind die kleinen stechenden Viecher.

Sie möchten Wasser trinken und sich etwas am Fluss abkühlen, doch die Mücken sind einfach zu lästig. Wild um sich schlagend, um die stechenden Plagegeister zu vertreiben, folgen sie einem eigenartigen Pfad weiter, der durch dickes Gestrüpp führt. Einige Pfade verschwinden bei großen Löchern. Sie begreifen, dass diese Pfade nicht von Menschen gemacht sind.

»Vielleicht gehen hier Wildtiere durch!«, rätselt Mattis.

»Sicher ist jedenfalls: Hier ist der Paradiesgarten für Mücken!«, meint Mariam schnippisch.

Ein sanfter Wind säuselt durch das Geäst. Der Pfad führt zu einem Wasserfall. Der Wasserfall, der vom hohen Felsen in die Tiefe stürzt, teilt sich in zwei Hälften. Unglaublich, wie die Gewalt des Wassers in die Tiefe stürzt.

Hier entdecken sie goldene Frösche, die im Sprühwasser des Wasserfalls leben, weil es hier immer feucht ist.

»Mein Gott, sind die schön, als wären sie aus Gold mit Diamantenaugen!«, sagt Mariam überwältigt.

Sie verfolgen die Frösche durchs Wasser und entdecken einen Durchgang, der hinter dem Wasserfall versteckt ist. Bei einem Felsen entdecken sie einen kleinen Spalt. Mariam schaut Mattis mit riesengroßen Augen an.

»Siehst du ihn auch, diesen versteckten Durchgang!«

»Ja klar, da müssen wir hindurch!«

»Ist es der Eingang in eine unbekannte Welt?«, fragen sie sich.

Sie sehen sich kurz um. Keine Menschenseele scheint hier zu sein, sie an ihrem Vorhaben zu hindern. Husch, husch und schon sind sie durch den Felsspalt hindurchgeschlüpft. Zu ihrer Erleichterung bleiben die Mücken auf der anderen Seite des Wasserfalls zurück.

Sie kommen in eine gewöhnliche hügelige Landschaft. Eigentlich sind sie davon enttäuscht. Nichts Außergewöhnliches können sie entdecken. Also gehen sie über Stock und Stein weiter durch das feuchte Gras.

Die Bäume machen strenge Gesichter und zeigen mit den Ästen auf die Kristallkinder.

»Wer wagt es, in unser Land zu kommen?«, flüstern sie.

Doch Mariam und Mattis hören nichts. Sie wandeln in dem unendlichen Land weiter und finden den Weg zu einem großen Felsen. Er hat das Aussehen eines mächtigen Pumahauptes.

»Ich sehe einen schlafenden Puma? Genau hier ist sein Kopf!«, ist Mariam überzeugt.

An verschiedenen Stellen sind spiralförmige Linien in den Stein geritzt. Mattis legt die Hand auf die Linien und ist von der Wirkung völlig überrascht. Seine Hände fangen heftig an zu vibrieren.

»Mariam, ich glaube, der Pumafelsen spricht mit mir.«

Sie legt ihre Hände ebenfalls auf die Linien und ist überwältig. Bläuliche Blitze zucken über ihre Arme.

»So cool! Große Katze, was willst du uns wohl sagen?«

Sie lachen und rätseln, was der Puma zu erzählen hat.

»Schlafender Puma, verrate uns die alte Weisheit der Götter!«, lacht Mattis. Dann schaut er auf die Uhr! »Wir müssen weiter!«

»Tschüss, schlafender Puma. Lege uns deine Botschaft ins Herz!«, flüstern sie ihm zu.

Der Pfad macht eine Wende und führt hinab zum Fluss. Sie laufen eine Weile am Ufer entlang. Aus dem Wasser ragt hohes Schilf. Im Schilf versteckt entdecken sie ein verwittertes morsches Boot. Auch das Paddel ist im gleichen miesen Zustand. Trotzdem entschließen sie sich, um schneller vorwärtszukommen, das Boot zu nehmen. Um das Boot zu erreichen, müssen sie ins Wasser steigen. Behutsam nähern sie sich dem Boot, waten bis zu den Knien ins Wasser und lassen ihre Blicke über das Wasser schweifen, bevor sie weitergehen. Doch es scheint Gefahr für sie zu bestehen. Plötzlich ein Aufschrei. Ausgerechnet von Mattis. Mariam dreht sich blitzschnell um und macht einem blöden Spruch.

»Was ist los? Du schreist wie ein Mädchen!«

Beim nächsten Schritt taucht Mattis total ab und schluckt heftig Wasser. Gurgelnd schlägt der Fluss über ihm zusammen. Mattis gerät in eine Strömung, wird abgetrieben und kann sich noch in letzter Sekunde an einer Wurzel festhalten. Er bekommt es langsam mit der Angst zu tun.

»So ein Mist!«, flucht er leise vor sich hin!

Nun trägt Mariam die ganze Verantwortung, das Boot zu erreichen und Mattis aus seiner misslichen Lage zu befreien. Sie kann Mattis unmöglich im Stich lassen. Jetzt unbedingt kühlen Kopf behalten. Behutsam geht sie los. Mariam gelingt es, das Boot zu erreichen. Sie klettert hinein, löst den verwitterten Strick, der grün von Algen ist, nimmt das Paddel und versucht, nicht in die Strömung zu kommen. Als sie auf Mattis´ Höhe ist, lässt dieser die Wurzel los und kann sich am Boot festkrallen. Sein Gesichtsausdruck ist gequält. Das Boot wird von der Strömung erfasst und tanzt über kleine Stromschnellen. Es dauert eine ganze Weile, bis das Wasser etwas ruhiger wird und Mattis ins Boot einsteigen kann. Seine Hände krallen sich immer noch krampfhaft am Boot fest, die inzwischen ganz weiß geworden sind. Jetzt endlich bietet sich eine Gelegenheit, Mattis aus seiner misslichen Lage zu befreien.

Mariam geht zum Heck und ruft Mattis zu: »Einsteigen, bitte.« Sie streckt Mattis die Hand hin. Er erfasst sie und es gelingt, ihn ins Boot zu ziehen. Er stemmt sich über den Bootsrand und lässt sich hineinfallen.

»Danke!«, stottert sichtlich erschöpft.

Benommen schließt er die Augen und die nächsten Augenblicke atmet er nur noch tief durch, um sich wieder zu erholen.

Erleichtert umarmt die Retterin Mattis und meint: »Es ist toll, dich wieder hier zu haben. Aber was wäre unsere Reise ohne diese verrückten Abenteuer! Nun brauchst du keinen Vergnügungspark mehr. Hier erleben wir Action pur.«

Mattis öffnet die Augen und lächelt. »Recht hast du. Das Bad im Fluss war echt anstrengend. Aber nun bin ich wieder fit! Es wird schon alles gut laufen! Wir schaffen das! Die Bootsfahrt kann weitergehen.«

Die Baumhöhle

»Es ist ganz sonderbar hier! Seltsam einfarbig ist das Dickicht den Fluss entlang!«, meint Mattis.

Sie kommen nicht gut voran. Kleine Stromschnellen sprudeln. Felsbrocken müssen mit dem altersschwachen Boot überwunden werden. Mattis versucht dem Boot die Richtung vorzugeben. Doch eigentlich hüpft es über die kleinen Stromschnellen, wie es ihm gerade passt. Das Boot hat sich inzwischen mächtig mit Wasser gefüllt. Bald sitzen sie wie in einer Badewanne!

»Wir müssen nächstens anlegen«, stellt Mariam fest. Ihre Augen wandern unruhig hin und her, um einen Anlegeplatz zu finden. Ein leichter Wind weht.

»Dort, siehst du diese kleine steinerne Halbinsel? Das ist unsere Gelegenheit anzulegen!«, ruft Mattis.

Entschlossen paddeln sie darauf zu. Mit Wucht wird das Boot auf den Felsvorsprung geschleudert.

»Halt dich fest!«, schreit Mattis.

Beim Aufprall scheint das Boot endgültig zu zerbrechen. Einen verzweifelten Augenblick rudert Mariam wie wild mit den Armen durch die Luft. Im letzten

Augenblick gelingt ihr das Kunststück, nicht aus dem Boot zu stürzen. Mattis springt aus dem Boot und hält es fest, damit Mariam aussteigen kann. Das Boot ist durch den Aufprall unbrauchbar geworden. Ein riesiges Loch dehnt sich an der Bootswand aus. Nun haben sie keine Wahl mehr, außer zu Fuß weiterzukommen. Eine Weile bleiben sie am Ufer stehen und schauen den Stromschnellen zu.

»Das ist ja wieder einmal gutgegangen!«, meint Mariam.

Vorsichtig klettern sie über den glitschigen scharfkantigen Felsen nach oben. Oben angelangt, erwartet sie ein üppiges Buschwerk. Mattis schiebt es auseinander. Dadurch entdecken sie einen Wildpfad. Sie gehen eine Weile auf dem matschigen Weg. Mattis wischt immer wieder tiefhängende Zweige zur Seite und achtet darauf, dass sie Mariam, die hinter ihm geht, nicht ins Gesicht schlagen. Nach einer Linkskurve wird das üppige Gestrüpp zu ihrer Erleichterung lichter.

In geringer Entfernung sticht wieder ein riesiger Königsbaum in vollendeter Schönheit ins Auge. Der uralte knorrige Baumriese, dessen Krone sich ihren Blicken entzieht, muss uralt sein. Sein Stamm ist unglaublich mächtig.

»Mariam, was denkst du, wie alt der Baum sein könnte?«

»Bestimmt fünfhundert Jahre!«

Mehrmals unrunden sie den Stamm, als sie auf einer Seite kleine Stufen bemerken, die ihnen anscheinend bisher nicht aufgefallen sind. Mattis zeigt auf eine dunkle Stelle am Baum.

»Schau, in dem Baum könnte man wohnen! Er ist bestimmt noch viel älter. Vielleicht sogar tausendfünfhundert Jahre!«

»Du veralberst mich!«

»Nein, Mariam! Schau mal, im Inneren des Baumes befindet sich eine große Höhle! Komm, schauen wir nach! Vielleicht wohnt da ein alter Baumgeist!«, grinst er.

Sie steigen über ein gigantisches Wurzelgeflecht. Nichts Ungewöhnliches ist zu sehen und zu hören.

»Gut! Ich schicke dem Baumgeist noch ein schnelles Gebet! Sicher ist sicher!«, flüstert Mariam. »Gehen wir hinein.«

Vorsichtig schleichen sie ins Unbekannte. Es dauert nicht lange und die Augen haben sich an die Dunkelheit gewöhnt. Die Baumhöhle ist unerwartet groß. Alles liegt im Halbdunkeln. Der starke Duft von Kräutern schlägt ihnen entgegen.

Erschrocken bleiben sie stehen und beobachten drei Personen in diffusem Licht, die in der Mitte der Baumhöhle sitzen. Langsam dreht sich Mattis zu Mariam, die ihn entsetzt anschaut. Mariam atmet tief durch und zieht aus Verlegenheit ihren Pulli zurecht. Alles hätten sie erwartet, nur das nicht, was sich ihnen gerade präsentiert. Sekundenlang starren sie wie gelähmt auf die unglaublich eigenartig gekleidete Frau mit zwei Trommlern. Die Frau hat etwas Ungewöhnliches an sich. Der erste halbwegs klare Gedanken ist Erstaunen. Es herrscht ein merkwürdiges, gedämpftes Licht und eine prickelnde Stimmung, die man nicht wirklich in Worte fassen kann. Sie wagen es nicht, sich zu bewegen. Die uralte Frau hat einen Zaubermantel umgehängt mit hölzernen Tiergestalten. Sie trägt eine Kopfbedeckung, die ebenfalls aus Tierfellen und Federn hergestellt ist.

»Diese Kleidung ist wirklich sonderbar!«, murmelt Mariam.

Mattis hält den Finger vor den Mund. »Psst!«

Aus einer hölzernen Schale, gefüllt mit zerhackten Kräutern und Blumen raucht es gewaltig. Ein honigsüßer Duft, durchmischt mit Blütenduft, breitet sich in der Höhle aus. Die Geheimnisvolle zieht tief die rauchgeschwärzte Luft ein, die im Inneren der Höhle wie ein feiner Nebel ist.

Mattis hüstelt leise vor sich hin und flüstert: »Sie braucht die Trommler, um ihre Visionen empfangen zu können. Visionen sind Bilder aus der Traumwelt.«

Mariam nickt nur und beobachtet genau.

Mutig sind Mariam und Mattis, das muss man sagen. Trotzdem sie einen tüchtigen Schreck bekommen haben, nehmen sie nicht Reißaus. Mäuschenstill beobachten sie.

Mariam schielt zu Mattis und flüstert: »Ist das eine Schamanin, eine Zauberin, eine Seherin, eine Magierin oder eine Medizinfrau!« Schulterzucken, Mattis weiß es auch nicht. Mariam flüstert wieder: »Mattis, sind wir hier an einem heiligen Ort? Unheimlich ist es hier! Wer sind die drei?«

»Keine Ahnung! Man fühlt sich wie in einer anderen Welt!«, antwortet er.

»Ich habe erstaunliche Geschichten über Schamanen gelesen. Sie sehen die Welt nicht so, wie wir sie sehen. Sie wissen über Dinge Bescheid, bevor sie sie sehen. Auch sollen sie die Fähigkeit haben, mit Tieren und Verstorbenen zu sprechen«, flüstert Mariam.

Mattis grinst nur verschmitzt.

Die Alte hat die Augen geschlossen. Ohne zu Blinzeln, spricht sie Mantras, Zaubersprüche in einer Sprache der Zauberei. Uralte unverständliche Silben sprudeln aus ihrem Mund. Das monotone Singen hört sich an wie das Jammern eines seltsamen Tieres. Die beiden Gehilfen schlagen plötzlich auf ihre vierzackige Trommel aus Tierfell, die aussieht wie ein Stern. Die Alte beginnt, ihre Arme zu heben und langsam durch die Luft zu fächern.

Wie in Trance bewegt sie sich im Takt des Trommelwirbels, die Arme und die Handflächen nach oben gerichtet, hin und her.

»Vermutlich beschwört sie den Baumgeist und die Götter!«, rätselt Mattis.

»Hier spukt es wirklich!«, flüstern sie einander zu.

»Das ist wie in einer unheimlichen Theateraufführung. Trotzdem fühlt es sich nicht wie dunkle Magie an!«, meint Mariam. »Ich bin auch gespannt, was das Ganze zu bedeuten hat!« Unerwartet verklingen das Trommeln und der Gesang. Doch die Töne hängen noch in der Luft.

Sie spüren eine eigenartige Kraft, die von der Seherin ausgeht. Sie zieht wieder und wieder die rauchgeschwängerte Luft tief ein, die durch den Raum wabert.

»Hat die eine Macke!«, wispert Mariam.

Mattis deutet mit einer Kopfbewegung zu der Komischen hin. Mariam und Mattis schauen sich fragend an. Im Augenblick wissen sie nicht, ob es eine gute Sache ist, hier zu sein, oder nicht.

Plötzlich hebt die Alte den Kopf, öffnet die Augen und starrt die beiden hellwach an. Die Erschrockenen starren zurück. Sie zucken zusammen und stehen dann unbeweglich vor Schreck. Dann macht Mattis eine tiefe Verbeugung, obwohl ihm das Herz bis zum Hals schlägt. Mariam schluckt. Die alte Magierin verschränkt die Arme über ihrer Brust und mustert die beiden von Kopf bis Fuß.

»Hallo! Schaut mich nur an und versucht herauszufinden, wer ich bin. Willkommen in meinem Reich! Ihr seid also die beiden, die in den Zauberspiegel geschaut haben!«, sagt sie.

»Die versteht sogar unsere Sprache!«, murmelt Mariam.

»Wir Menschen, die mit der Natur sprechen, verstehen alle Sprachen. Wir sind nie aus dem Kreis der Bäume herausgetreten. Wir leben mit der Natur und hören ihre Sorgen. Aber die heutigen Menschen hören die Stimmen und das Klagen aus der Natur nicht mehr. Sie verstehen die Botschaft aus dem Zauberspiegel nicht. Es ist höchste Zeit, dass ihr euch mehr mit Magie befasst«, antwortet die Alte.

Mariam wird etwas verlegen, weil sie nicht erwartet hat, dass man ihr Murmeln hört. Die beiden Ertappten treten einen Schritt vor und stellen sich mit ihren Namen vor. So ganz geheuer ist ihnen nicht, trotzdem bewegen sie sich tapfer auf die Undurchsichtige zu. Ihre Augen leuchten jetzt graublau, werden schmal und schließlich noch durchdringender. Unsicher stehen sie der etwas schrägen alten Frau gegenüber.

»Wir sind zufällig hierher geraten!«, gibt Mattis zur Antwort.

Die Frau hat die Augen wieder geschlossen, trotzdem fühlen sie ihren Blick auf sich.

»Zufälle gibt es nicht! Der Weg durch die Schlucht war gefährlich, doch ihr habt es hierhergeschafft! Ihr habt das verborgene Land mit vielen Gefahren betreten. Aber am Ziel seid ihr noch lange nicht. Setzt euch zu mir in den Kreis«, werden sie aufgefordert.

Sie gehorchen wortlos und treten in den runden Kreis inmitten des Raumes und setzen sich im Schneidersitz wie die Alte. Ihre seltsame Stimme klingt nicht nur in ihren Ohren. Sie scheint direkt im Herzen zu sprechen. Mit verwunderten Augen schauen die Eindringlinge die Merkwürdige an und wissen nicht, was sie von ihr halten sollen. Ist sie gut oder böse oder sogar gefährlich?

Plötzlich murmelt die seltsam Gekleidete wieder vor sich hin: »Ihr habt die Grenzen zur Parallelwelt, der Spiegelwelt, überschritten. Manche meinen, meine Kraft sei erloschen, weil ich alt bin, aber glaubt mir, meine Kraft wird niemals schwinden. Sie ist beständig wie die Welt. Die Magie hat ihre eigenen Gesetze! Ich schöpfe meine Macht aus übernatürlichen Quellen. Sind meine Sinne geschärft, hat kein sterbliches Wesen eine Chance gegen mich.«

»Bestimmt meint sie ihre Zauberkraft!«, flüstert Mariam. Mattis nickt zustimmend.

»Wir reisen nun in die Ober- und Unterwelt. Aber verhaltet euch ruhig! Euer inneres Auge wird nun weiter geöffnet. Damit ihr in die andere Welt sehen und gehen könnt«, informiert die Zauberin.

»Bekommen wir eine Lehrstunde in Zauberei? Das kann ja heiter werden! Etwas unheimlich ist mir die alte Zauberin schon!«, tuschelt Mariam.

»Mir auch!«, gesteht Mattis.

Sie fängt wieder an, unverständliche Worte zu sprechen! Einer der Gehilfen fängt abermals an zu trommeln. Es ist ein auf- und absteigender Rhythmus. Dann wieder ganz sanft und einhüllend. Der zweite Trommler bewegt den Fuß zum Rhythmus, dann wirft er den Kopf nach hinten. Mariam schubst Mattis an und verdreht die Augen. Dann beginnt auch er zu trommeln und dazu zu singen. Durch den Gesang und das Trommeln spüren sie eine Kraft in ihren Gliedern. Es erfüllt ihr inneres Wesen und steigt hoch in den Kopf. Sie fühlen sich in eine wohlige Wärme eingehüllt. Mariam und Mattis haben das Gefühl, ihr Kopf explodiere. Schwindel erfasst sie, alles um sie herum läuft plötzlich wie in Zeitlupe ab: ganz, ganz langsam. Mit gemischten Gefühlen spüren sie eine Welle des Schutzes, als würde ein Mantel um sie gelegt, die von der alten Zauberin ausgeht. Sie sind ganz von diesem undefinierbaren Gefühl erfüllt. Dann löst sich der Schwindel wieder und alles läuft wieder in normaler Geschwindigkeit.

Alles ist seltsam. Mariam stupst Mattis leicht in die Rippen, so gut es überhaupt geht: »Ich fühle mich echt gut, so federleicht! Geht das so weiter, fliege ich davon.«

Mattis nickt ihr zu und gibt ihr recht. Für Sekunden scheint die Alte schwerelos im Schneidersitz in der Luft zu schweben, dann fällt sie wieder zurück. Nach zwei, drei Minute stößt sie sich erneut mit den Beinen vom Boden ab. Dieses Schauspiel, das sie zu der Musik macht, wiederholt sie noch ein paarmal. Währenddessen erblicken sie eine Kristallform über sich, von welcher ein rötliches Licht ausgeht.

»Ich komme mir vor wie in einem Partykeller!«, hört man Mattis leise sprechen.

Nach einer Weile hört das Trommeln schlagartig auf. Ruhe herrscht eine ganze Weile. Sie beide sammeln wieder ihre Sinne. Es braucht einen Moment, um sich wieder daran zu erinnern, wo sie sind. Es ist, als erwachten sie aus einem Traum mit unerwartet starken Kopfschmerzen. Ein trockenes Brennen bohrt in der Stirn. Die alte Zauberin schaut sie wieder mit durchdringenden Augen an. Es ist ihnen wirklich ganz mulmig zumute.

»Hat euch mein Sprungtanz gefallen?« Einen Moment herrscht Schweigen. Beide nicken. Eine gewisse

Bewunderung für den Auftritt der alten Zauberin haben die beiden durchaus. »Wir brauchen euch beide, wegen der feinen Energie. Denn diese Energie habt ihr. Deshalb konnte ich einen solche Sprungtanz vorführen. Der Zeitpunkt ist gekommen, an dem ihr ein großes Geheimnis erfahren sollt, das unsere Welt im Innern zusammenhält. Ich habe für euch zwei Schutzgeister herbeigerufen. Nun könnt ihr weiterziehen durch das Geisterland! Ihr habt einen Schutz und euch kann nichts passieren! Den Weg müsst ihr aber alleine gehen. Und wenn es euch bestimmt ist, werdet ihr das Ziel finden!«

Die Augen werden groß.

»Welches Ziel? Vielleicht den Gralskelch finden?«, fragt Mariam.

»Das verborgene Land ist nicht ohne Gefahren, man muss Prüfungen bestehen, mehr kann ich euch nicht verraten! Das versteht sich doch von selbst!«

Sie nicken stumm. Mariam grübelt nach, lässt nicht locker, sie möchte noch etwas mehr über den Weg erfahren, den sie gehen müssen.

»Welche Gefahren? Welche Prüfungen? Gibt es viele, die schon hier waren und den Weg gegangen sind?«

Die Alte schüttelt den Kopf. »Betrachtet es als ein Wunder, dass ihr hierhergefunden habt! Nur wenige Menschen wissen, dass eine Parallelwelt existiert. Aus dieser geheimnisvollen Welt der Mythen, die jenseits des menschlichen Wissens liegt, haben sich einst Gut und Böse auf den Weg zur Erde gemacht. Bis heute ist es ein ewiger Kampf zwischen den Mächten der Dunkelheit und den Kämpfern für das Licht. Ihr seid Kristallkinder und müsst das Licht auf der Erde verbreiten. Die Welt braucht Menschen wie euch, die durch ihre bloße Existenz die Welt schon etwas besser machen. Ihr seid doch intelligent, durchschaut Lügen und könnt neues Wissen weitergeben. Sucht den Kelch der Erleuchtung, bringt seine Kraft auf die Erde zurück. Die Menschen haben die Natur krank gemacht. Nun braucht sie das Licht aus dem Kelch wieder, um gesund zu werden. Die Menschen sind mit der Natur keine Einheit mehr!«, bekommen sie zur Antwort.

Na ja, Mariam hätte natürlich eine konkretere Antwort lieber gehabt, das ist an ihrem Gesichtsausdruck abzulesen.

Solche komischen Antworten sind typisch!, denkt sie.

Die Zauberin scheint die Enttäuschung über ihre Antwort zu spüren. »Ich gebe euch noch einen Hinweis: Geht durch die Baumhöhle, dann den Pfad weiter. Alles andere werdet ihr finden, wenn es euch bestimmt ist. Die Weisen und Seher von einst haben prophezeit, dass einmal Fremde kommen werden! Sucht den Tempel der weißen Träne, dort werdet ihr weitere Informationen erhalten. Vertraut auf eure eigenen Fähigkeiten. Und jetzt steht auf und geht! Die Zeit ist zu kostbar, um hier herumzutrödeln.«

Mariam und Mattis bedanken sich, wie es sich gehört. Der höhlenartige Raum ist nun deutlich dunkler geworden, da das Feuer heruntergebrannt ist. Die komische Alte umklammert ihren Stab fester und steht ebenfalls auf. Ein seltsames Licht tritt in ihre Augen. Purpur strahlt es um sie herum. Durch die alte Zauberin strahlt eine Lichtgestalt. Sie stampft mit ihrem Stecken dreimal auf den Boden. Die Frau und ihre zwei Trommler sind plötzlich spurlos verschwunden, als wären sie nie da gewesen. Mariam und Mattis stehen immer noch an derselben Stelle und können sich das Verschwinden nicht erklären.

»War das Hexerei? Es ist unglaublich, wie schnell die Alte und ihre beiden Trommler verschwunden sind. Eigentlich hätte ich noch gerne etwas mehr Informationen über den Tempel der weißen Träne bekommen!«, sagt Mattis.

»Der Tempel der weißen Träne! Hast du schon einmal davon gehört?«, fragt Mariam. Mattis verneint. »Ausgerechnet wir zwei ganz normalen Jugendlichen suchen den Kelch der Erleuchtung, um die Erde zu retten. Früher hätte ich gesagt: unmöglich! Heute sage ich: Nichts ist unmöglich.«

»So mag ich dich, Mariam. Gehen wir weiter! Wir dürfen ja nicht herumtrödeln«, schmunzelt Mattis.

»Es ist alles etwas verrückt und mein Kopf brummt noch, aber irgendwie gefällt mir das auch!«, lächelt Mariam. Ein Gedanken schwirrt in Mariam Kopf herum: »Mattis, was, denkst du, weiß die Alte von der Neuen Welt, der Künstlichen Intelligenz?«

Mattis überlegt: «Die braucht das doch gar nicht. Sie hat ein Wissen, das uns neidisch machen kann! Ich glaube, die Alte könnte auch die Erde beben lassen. Aber nun müssen wir wirklich weitergehen!«

Der Felsspalt

Dunkle Felsen steigen drohend über dem Wald auf. Dahinter sind mächtige Berge. Es gibt Berge, die nur Berge sind, und solche, die eine spezielle Eigenart besitzen. Die Menschen reden dann von «heiligen Bergen«. Die Macht eines heiligen Berges kann dem Menschen die Seele öffnen.

Der Wind streicht durch die Bäume, bewegt sie sanft. Sie lauschen auf das Rauschen über sich, auf ein paar aufgeregt flatternde Vögel, auf das Geräusch ihrer Schritte auf dem unebenen Boden.

Nach einer Weile erreichen sie eine weitere Felswand. Der Weg führt über scharfkantige Felsen. Alles wirkt wie eingehüllt in eine graue Nebelwand.

»Da sind geschickte Kletterer gefragt!«, beurteilt Mattis die Lage. Trotzdem zögern sie nicht weiterzugehen. Wer will schon ein ungeschickter Kletterer sein? Den Weg entlangzugehen, ist mit Sicherheit nicht ungefährlich. »Bleib schön hinter mir. Stürz mir nur nicht ab!«, mahnt Mattis. *Zeige niemals Schwäche!*, denkt er.

Mariams Knie sind butterweich. Sie sind der Situation völlig ausgeliefert und es zehrt an den Kräften. Eine eigenartige Atmosphäre herrscht hier!

»Was hat das zu bedeuten? Wäre ich nicht ein Kristallkind, hätte ich eine Scheißangst«, stöhnt sie.

Mattis massiert sich die Stirn, um klar denken zu können.

»Nachts sind alle Katzen grau! Nachts sind alle Katzen grau!«, wiederholt Mariam träge und seufzt vor sich hin.

»Was hast du gesagt?«

»Nachts sind alle Katzen grau, weil es in der Dunkelheit keine Farben gibt. Stimmt doch?«

»Was hat das mit unserer Situation zu tun?«, fragt Mattis.

»Wir sind doch auch wie graue Katzen, die wie Benebelte durch eine graue Suppe schleichen, nach einem geheimnisvollen Tor suchen, um die Welt zu retten!«

»Und jetzt denkst du, dass wir vom richtigen Weg abgekommen sind?«

»Ich denke gar nichts. Ich stelle nur fest, dass wir in einem grauen Dunst hängen! Und das macht mir echt Bauchweh!«

Mattis Gesicht verfinstert sich wie eine Gewitterwolke. Nervös trommelt er mit den Schuhen auf den Boden, als wolle er Magie entfesseln. Er muss Mariam recht geben, hier ist wirklich kein guter Ort. Stillstehen geht aber nicht. Es muss einfach weitergehen.

Vorsichtig klettern sie weiter über die scharfkantigen Felsen. Das Gestein ist schlüpfrig und nass und der Pfad an manchen Stellen kaum breiter als zwei nebeneinanderliegende Hände. Als die Hände von Mattis an steinernen Ausbuchtungen entlanggleiten, reißt er sich seine Fingerkuppen auf. »Autsch!«

Noch ein paar Schritte, dann hört der Weg ganz auf. Sie sind mutterseelenallein an einem fremden Ort. Mattis schaut Mariam an.

»Ich weiß schon, was in dir vorgeht, du brauchst gar nichts zu sagen!«, knurrt er.

Mariam nickt und meint dann spöttisch: »Es ist immer schön, wenn zwei Freunde sich so gut verstehen, dass es keine unnötigen Worte braucht. Wenn hier jemals menschliche Wesen durchgekommen sind, waren es bestimmt nur Zwerge! Könnte mir vorstellen, dass hier ein Bergwerk war, das Erz, Kupfer und Gold abgebaut hat«, rätselt Mariam.

Mattis hält inne, wickelt sein Taschentuch um die aufgeschürften Finger. »Die sieben Zwerge aus den sieben Bergen? Das ist ein interessanter Gedanke. Wir brauchen sowieso eine Pause zum Nachdenken!«, meint er verschmitzt.

Mariam zieht die Augenbrauen hoch. Sie weiß, nicht genau, ob Mattis sie wegen der Bemerkung über Zwerge ernst nimmt oder sie nur belächelt.

»Wenn du denkst, es ist das Richtige, dann machen wir eine Pause. Vielleicht haben die Zwerge die Menschen in die Irre geführt, dass alle, die dieses Höhlenlabyrinth betraten, spurlos verschwanden«, grübelt Mariam.

Sie beraten eine Weile. Rätseln, wie es hätte sein können. Alles könnte möglich sein. Sicher ist nur, dass sich die beiden gerade etwas verloren fühlen.

»Für unsere Handys und Computer braucht man auch Metalle wie Kupfer, Kobalt, Gold und Silber. Da wird auch Gestein weggesprengt, Wälder gerodet und dadurch ganze Landstriche ausgetrocknet. Bei der Förderung werden giftige Metalle freigesetzt, die dann die Gewässer und Böden verschmutzen. Was das für die Menschen bedeutet, kannst du dir ja denken! Vielleicht hatten die Naturwesen einfach die Nase voll von uns Menschen«, meint Mariam.

»Recht hast du mit dem Abbau von Ressourcen! Aber ob da Zwerge die Hände im Spiel haben ... Ich weiß nicht so recht! Aber nun müssen wir einen anderen Ausgang finden!«, sagt Mattis und klettert ein paar Meter den Felsen hoch.

Obwohl es mühsam und schwierig ist und seine Finger schmerzen, lässt er sich nichts anmerken. Unheimlich zumute ist ihm schon, doch er will wirklich keine Schwäche zeigen. Dann stolpert er, rutscht seitlich ab und verschwindet! Seine verletzten Finger können sich nicht festhalten. Vor Schreck schlägt sein Herz bis zum Hals. Mit der Schulter prallt er gegen einen rauen Stein, reißt erschrocken die Arme in die Höhe, um sich wieder irgendwo festzuhalten. Dann kippt er seitlich, während die Hände ins Leere greifen.

»Mattis, Mattis!«, hört er Mariam voller Entsetzen rufen. »Mattis, wo bist du, hast du dich verletzt? Mattis, so sag doch etwas!«

Mattis stemmt sich mühsam in die Höhe. Die Schulter schmerzt. Seine verletzten Hände suchen Halt am Felsen, um nicht sofort wieder zu stürzen. Er schließt kurz die Augen. *Reiße dich zusammen. Denk jetzt der Reihe nach, was getan werden muss.* Dann schiebt er sich Schritt für Schritt weiter an der Wand entlang weiter. Seine Beine fühlen sich an wie Wackelpudding. Und dann entdeckt er einen Spalt in einem Felsen. Die Hoffnung keimt auf, hier doch noch etwas Wichtiges gefunden zu haben. Wieder hört er Mariam rufen.

»Mattis, ist alles in Ordnung? Wo bist du? Hast du dich verletzt?«

Zu ihrer Erleichterung hört sie aus den Tiefen der Höhle endlich Mattis Stimme. »Ja, ich lebe noch! Zu meinen aufgeschürften Fingern habe ich noch meine

Schulter geprellt! Dafür habe ich einen Eingang in eine Höhle gefunden.«

»Ist deine Verletzung schlimm?«, will Mariam wissen.

»Nicht der Rede wert!«, ruft er zurück. Obwohl er sich eingestehen muss, dass seine Schulter fürchterlich schmerzt und die Hände bluten. »Ich begutachte mal den Eingang im Felsen!«, widerhallen seine Worte.

Endlose Sekunden der Stille machen Mariam ganz nervös. Dann endlich meldet sich Mattis wieder.

»Mariam, du musst hierherkommen! Ich habe ein Siegel im Felsen gefunden! Vielleicht von den Gralsrittern!«

Ein schauderhafter Gedanke für Mariam, über den glitschigen Felsen zu klettern. Sie kämpft einen Augenblick mit sich. »Ich bin ein Kristallkind und fürchte mich nicht. Ich bin ein Kristallkind und fürchte mich nicht!«, wiederholt sie gebetsmühlenartig. Atmet nochmals tief durch und macht sich auf den Weg. Schwindelfrei sollte man bei diesem Manöver auch noch sein. Doch sie kann Mattis ja nicht einfach im Stich lassen. Tapfer kämpft sie sich den Felsen hoch.

Nach einer Viertelstunde, die ihr wie eine Ewigkeit vorgekommen ist, gleitet sie zu Mattis, der vor einem Felsspalt sitzt.

»Geschafft!« Mariam setzt sich neben ihn. Sein T-Shirt an der Schulter ist zerrissen, darunter klafft eine blutige Schürfwunde. Anstatt sich bemitleiden zu lassen, holt Mattis zur Gegenwehr aus.

»Du machst einen verwirrten Eindruck!«, meint er.

Mariam schaut ihn entgeistert an: »Aber weshalb wohl? Wir haben doch alles im Griff! Vielleicht ein kleiner Absturz zwischendurch. Gut, dass du ein Supermensch ohne Frucht bist!«

»Schon gut, das gehört zu einem Abenteuer!«, beruhigt Mattis sie. Mariam schaut sich Mattis´ Schulter an und verbindet sie notdürftig.

»Und wo ist nun das geheimnisvolle Siegel?«

«Dort drüben, in den Stein gemeißelt!«

Mariam kommt näher, kneift die Augen zusammen, dreht den Kopf hin und her und begutachtet das Siegel wie eine Fachfrau.

»Das ist gar keine so dumme Idee von dir, Mattis, das könnte wirklich ein Siegel der Tempelritter sein!«

»Danke!«, strahlt er zufrieden.

Nach der kurzen Ruhepause drängt Mattis weiterzugehen.

»Die Zeit drängt.«

»Wir wissen überhaupt nicht, was uns noch erwartet. Und werden wir das Ziel überhaupt finden?«, meldet Mariam ihre Bedenken an.

Mattis nimmt es gelassener. Um sie herum wirkt alles ganz ruhig. Mattis zeigt auf den Felsspalt.

»Da müssen wir durch! Gehen wir hinein!«

»Vielleicht finden wir ja den verborgenen Schatz der Tempelritter!«, meint Mariam ironisch.

Mit reichlich Herzklopfen huscht Mattis durch den Felsspalt. Mariam folgt ihm.

»Eine Strickleiter! Ich muss schauen, wohin sie führt!«, ruft Mattis.

Sie treten näher und schauen hinunter. Es ist zu dunkel, um die Tiefe abzuschätzen.

»Ich gehe zuerst!«, sagt Mattis.

Er nimmt vorsichtig Sprosse um Sprosse. Plötzlich hört die Leiter auf. Sie führt nicht bis ganz hinunter. Er wischt sich den Schweiß von der Stirn und mustert den Bereich unter sich. Doch er kann den Boden nicht erkennen.

»Mariam, ich hänge im Dunkeln. Wirf einmal einen Stein hinunter, damit ich abschätzen kann, wie tief ich springen muss.«

Mariam sucht einen passenden Stein.

»Achtung, Mattis. Bring deinen Kopf aus der Gefahrenzone. Ich werfe den Stein!«

Der Stein schlägt unter Mattis auf. Er hört sich nicht tief an.

»Mariam, ich wage den Sprung ins Ungewisse!«, ruft er.

Bevor Mariam ihre Bedenken anbringen kann, hört sie Mattis springen. Ihr Atem stockt. Doch es dauert nicht lange, da hört sie Mattis rufen: »Mariam, du kannst auch kommen! Alles in Ordnung!«

Mit zitternden Händen tastet Mariam nach der Strickleiter. Sachte begibt sie sich auf die schwankende Leiter und hangelt sich daran hinunter.

»Mattis, ich bin bei der untersten Sprosse angekommen! Ich kann dich nicht sehen!« Sie baumelt in der lichtlosen Leere.

»Spring einfach, ohne viel zu denken! Ich kann dich von hier unten sehen!«, hört sie Mattis rufen. Sie lässt los und stürzt in die Dunkelheit. Ein erstickter Aufschrei. Erschrocken rudert Mariam mit den Armen und Beinen, weil sie überrascht ist, wie tief sie fällt. Um den Aufschrei zu unterdrücken, beißt sie sich auf die Lippen. Sie landet kurz auf den Beinen und überschlägt sich dann.

»Autsch! Das hat richtig wehgetan!«, stöhnt sie.

Mattis kommt besorgt näher. »Hast du dich verletzt?«

Fluchen hilft auch nichts, denkt sie.

Mariam beißt die Zähne zusammen und rappelt sich wieder auf. Sie spürt einen stechenden Schmerz im Knie. Sie humpelt hin und her. Doch dann gibt sie Entwarnung!

»Es geht schon wieder!«, sagt sie tapfer.

»Bist du sicher?«, fragt Mattis.

»Ja, du hast die Schulter, die Hände und ich nun mein Knie verletzt. Das kann ja noch heiter werden. Es bleibt uns ja nichts anders übrig, als weiterzugehen! Nur keine Schwäche zeigen.«

»Du hast eine bemerkenswerte Hechtrolle hingelegt!«, schmunzelnd Mattis. »Aber jetzt müssen wir schauen, dass wir hier rauskommen.«

Sie haben gar nicht bemerkt, wie problemlos sie sich in dem dunklen Stollen ohne Licht zurechtfinden können. Ein Blick nach links, ein Blick nach rechts. Doch es gibt nur eine Möglichkeit: einen schmalen Gang. Mit vorsichtigen Schritten gehen sie weiter. Mattis geht voraus und Mariam humpelt ihm nach. Mit einem Blick zurück sieht Mattis, dass sich Mariam mit den Schmerzen quält.

Er fragt nach: »Mariam, geht es wirklich?«

Sie nickt, obwohl ihr Knie schmerzt. Mattis Blick sucht beim Stillstehen aufmerksam die Wände ab.

»Was suchst du?«, fragt Mariam.

»Ich weiß auch nicht. Nach irgendeinem geheimnisvollen Zeichen.«

Doch hier gibt es nichts Geheimnisvolles zu entdecken.

Sie betreten einen felsigen Vorraum. Der Eingang zur wirklichen Höhle wirkt so, als hätte er raubtierähnliche Zähne. Als sie hindurchschreiten, haben sie das Gefühl, die Höhle schließe sich hinter ihnen. Mit dem Schließen der Höhle verschwindet auch der Schmerz in Mariams Bein und in Mattis Händen und der Schulter. Sie können es kaum glauben. Eine wunderbare Kraft fühlen sie in ihren Gliedern. Und wiederum ist in ihnen, ohne dass sie etwas davon bemerkt haben, eine Veränderung vorgegangen.

»Mattis, durch wie viele Tore sind wir schon gegangen?«

»Gute Frage! Ich muss mal nachdenken, aber später! Wir müssen weiter!«

»Ist das der Eingang zu dem geheimnisvollen Labyrinth in den unvorstellbaren Tiefen, wovor Pino uns gewarnt hat?«, rätseln die beiden.

Er scheint meilenweit in den Felsen hineinzureichen. Hier ist es wirklich wie in einem Labyrinth, das sich immer wieder verzweigt.

»Vielleicht doch ein altes Bergwerk?«, meint Mattis.

»Oder ein geheimnisvolles Zwergenreich!«, fügt Mariam hinzu.

Schlagartig wechselt die Stimmung. Ein heulender Wind weht durch den eigenartigen Gang.

»Was geht hier vor!«, fragt Mariam erschrocken. Ihre Pupillen bewegen sich unruhig hin und her.

Mattis blinzelt sie nachdenklich an, behält aber die Ruhe und meint dann: »Seltsam ist es schon hier. Wir müssen einfach an uns glauben und den Weg weitergehen, der uns vorgezeichnet ist.«

Sie bewegen sich in einer geheimnisvollen, fremdartigen Welt. Das Weitergehen wird ungemütlich. Schon beim harmlosesten Rascheln läuft ihnen Gänsehaut über den Rücken. Nach einer unscheinbaren Abzweigung taucht ein Seitentunnel auf, der tief hinab ins Dunkle führt.

»Mir wird schon ganz schlecht, wenn ich da hinunterschaue. Du Möchtegern-Höhlenforscher, was denkst du, was uns da unten erwartet?«, fragt Mariam.

»Wie soll ich das wissen? Wir sind auf geheimer Mission, da weiß man den Schluss der Geschichte bestimmt nicht! Mariam, hör auf zu meckern, ich muss nachdenken!«

»Zu Befehl, Herr Kommandant! Ich schweige!«, gibt sie zur Antwort.

»Vielleicht sollten wir wirklich aufhören mit den Sticheleien. Wir packen das schon«, meint Mattis ernsthaft.

»Ich glaube, ich sterbe vor Angst, in diesen Tunnel zu steigen! Ich hoffe nur, der Tunnel führt uns nicht ins Reich der Ratten! Wieso ausgerechnet wir es schaffen sollen, durch diesen Tunnel zu gehen, wenn alle vor uns gescheitert sind ...«, wiederholt Mariam.

»Hey du, wir sind doch Kristallkinder! Wir wurden ausgewählt. Was ist mit dir los? Du weißt doch, dass wir unsichtbar begleitet werden. So wie Schutzengel jeden Menschen begleiten! Hast du das vergessen?«, muntert Mattis sie auf.

Ein flüchtiges Lächeln huscht über Mariams Gesicht. Sie zuckt mit den Lippen. Gibt sich einen Klaps auf die Stirn! »Du hast recht, ich darf mich nicht hinunterziehen lassen. Nur zusammen sind wir stark! Angst ist unser größter Feind! Gehen wir!«

Sie fassen neuen Mut. Mattis ist froh, dass Mariam wieder klar denken kann. Es war, als wenn etwas Unsichtbares sie benebelt hätte, um sie vor ihrem Vorhaben abzulenken!

Nur keine Schwäche zeigen

Der unterirdische Weg führt abwärts. Sie laufen durch schmale Gänge, die mit seltsamen mysteriösen Zeichnungen versehen sind. Durch den Tunnel zu gehen, ist anfänglich absolut harmlos. Keine einzige Ratte ist zu sehen. Die Geschichte von den verschwundenen Menschen kommt ihnen wie ein Lügenmärchen vor. Fünf Minuten gehen sie schweigend hintereinander.

»Es ist schon komisch, dass der Tunnel völlig harmlos ist und Menschen verschluckt haben soll!«, wundert sich Mariam.

»Alles wirkt wie in tiefem Dornröschenschlaf. Wir sind hier, um das Geheimnis zu lüften!«, ist Mattis überzeugt.

»Die Luft hier unten ist irgendwie durchsichtig! Es atmet sich erstaunlich leicht! Aber freuen wir uns nicht zu früh!«, beurteilt Mariam die Lage.

Die gute Laune ist nur für kurze Zeit wieder da. Nach der nächsten Biegung ist plötzlich der Widerhall eines Windes zu spüren, der trostlos in diesem Tunnel vor sich hin wimmert.

»Das hört sich wie ein unheimliches Klagen an!«, meint Mariam.

Aber von was oder von wem, ist hier die Frage. Sie bestaunen das Felsgewölbe. Beklemmende Erwartung, begleitet von einem Gefühl einer umgehenden Veränderung. Im Bruchteil einer Sekunde haben sie das Gefühl, ein unsichtbarer Schatten lege sich um sie. Es fühlt sich kalt und unwohl an. Oder ist es einfach nur Einbildung? Die Ruhe und die Sicherheit, die sie noch vor wenigen Sekunden hatten, löst sich in Luft auf.

»Sind wir im Schattenreich angelangt? Geschichten von verlorenen Seelen gehen mir durch den Kopf! Und dunkel wie in einer Kuh ist es auch hier. Ich fühle mich gefangen wie in einem riesigen Tintenfass«, ächzt Mariam.

Mattis lässt sich auf keine Diskussion ein. »Gehen wir einfach weiter, ohne viel zu denken!«

Hinter ihm keucht Mariam und brummt: »Das sind ja reizende Aussichten!«

Mattis lächelt schweigend vor sich hin. Plötzlich bleibt Mariam wie angewurzelt stehen.

»Was ist los?« Mattis leuchtet mit der Handytaschenlampe um sich. «Mariam, du bist ganz bleich geworden.«

Sie stottert: »Dieses Trippeln, hast du es auch gehört?«

»Nein, das hast du dir nur eingebildet.«

»Nein, hab ich nicht!«

Mattis spürt den Ärger in ihrer Stimme. »Wenn man Angst hat, setzt bekanntlich das Denken aus!«, fügt er hinzu.

»Willst du sagen, ich hätte Angst?«, fragt sie in einem lauernden Ton, der nichts Gutes verheißt.

Mattis schnauft laut, hält es aber für klüger, nicht noch mehr zu provozieren. Dann wird er wieder ernst und horcht angespannt mit. Er leuchtet weiter, in den Tunnel hinein. Mit finsterem Blick schaut Mariam ihn an. Mattis wirkt plötzlich auch nervös.

»Als denkender Mensch ändere ich meine Meinung. Du hast recht, ich höre auch etwas!« Spannungsgeladen leuchtet er ununterbrochen mit seiner Handytaschenlampe herum, denn sie haben das Gefühl, dass doch noch jemand im Tunnel ist.

»Ist jemand hier?«, ruft er. Keine Antwort!

»Ich komme mir vor wie ein blindes Huhn, das keine Ahnung hat, was als Nächstes passiert! Aber ich reiße mich zusammen. Nur keine Schwäche zeigen! Wir sind die Auserwählten!«, murmelt Mariam vor sich hin. Vorsichtig gehen sie weiter, sind ständig auf der Hut, noch von jemandem im Hinterhalt überrascht zu werden.

«Vielleicht haust hier ein geklonter Mensch und ist jetzt ein Monster!«, spekuliert Mattis. Mariam atmet tief durch.

»Meinst du so etwas wie ein Frankenstein? Du veralberst mich?«

»Heute ist ja bald alles möglich!«, ist der Höhlenforscher überzeugt.

»Also, ich weiß nicht, ob deine Fantasie nicht einfach zu weit geht!« Kaum hat Mariam fertig gesprochen, ist wieder dieses Rascheln, dieses Trippeln da. »Weht da nicht ein weißes Haar? Feenhaar! Ich glaube, einen Schatten zu spüren!«

Mattis zieht eine Grimasse. »Blödsinn! Typisch Frau! Feenhaar, das weht! So etwas kommt auch nur dir in den Sinn! Vielleicht ist es eine Spinne, die an der Wand vorbeikrabbelt«, antwortet Mattis nüchtern.

»Das sind bestimmt keine Spinnen! Die hört man doch nicht krabbeln!«, zischt Mariam.

Sie bleiben stehen, drehen sich nach allen Seiten um und horchen.

»Vielleicht waren es Fledermäuse!«, sagt Mattis als Alternative.

Mariam gibt ihm einen kleinen Schlag an den Kopf. »Denke mal logisch. Fledermäuse, die trippeln? Also, für wie dumm hältst du mich? Wenn schon, sind es eher Ratten.«

Mattis muss zugeben, dass seine Vermutungen wohl nicht stimmen kann. »Wenigsten starren uns keine gruseligen roten Augen aus der Finsternis an!«, kichert er.

»Blödmann!«, bekommt er zur Antwort.

Sie nähern sich einem schwarzen Schlund, wie ein offenes Maul, im Tunnel. Mutig gehen sie daran vorbei. Sie bewegen sich erstaunlich langsam vorwärts, als müssten sie gegen einen unsichtbaren Widerstand kämpfen.

»Ich spüre, wie du die Augen verdrehst!«

»Tu ich nicht!«

»Tust du doch! Ich kenne dich gut!«, sagt Mattis, ohne sich nach ihr umzudrehen.

»Was ist das?«, fragt Mariam plötzlich und bleibt stehen. »Spürst du das auch? Hinter uns!« Langsam dreht sie sich um. Nichts zu sehen. Mattis nimmt gar nichts wahr!

»Du machst mich noch wahnsinnig. Mit deinen Spukgeräuschen und Gestalten. Ich sehe wirklich nichts, alles ruhig.«

Sie gehen wie ferngesteuert weiter. Es gibt kein Anzeichen von Verfolgung. Doch plötzlich spürt Mattis auch etwas Undefinierbares. Oder lässt er sich von Mariam anstecken? Er bleibt stehen, horcht, dreht den Kopf hin und her.

»Bewegt sich da doch etwas im Dunkeln, Mattis?«, haucht Mariam fast flüsternd.

Eine lähmende Unsicherheit macht sich breit. Wieder ein Geräusch. Tatsächlich ist ihnen etwas auf den Fersen. Es fühlt sich an wie ein Wirbel.

»Ist es nun auch bei dir angekommen? Das Undefinierbare! Das Unfassbare!«, stottert Mariam.

Mattis nickt. Um sich keine Blöße zu geben, weicht er vom Thema ab und stößt hervor: »Unsicherheit besteht meistens aus grundloser Furcht!«

»Du magst ja recht haben. Aber hauen wir trotzdem ab!«

Mattis ist gar nicht so unglücklich über diesen Vorschlag, nun muss er nicht eingestehen, dass es auch ihm nicht geheuer ist. Sie hetzen atemlos, stolpernd weiter und rennen, so schnell es geht. Die Sohlen ihrer Turnschuhe quietschen auf nassem, steinigem Boden. Sie rennen und rennen. Ihre hektischen Atemzüge werden bei jedem Schritt lauter. Der Gang ist einschüchternd und scheint endlos zu sein.

Nach einigen Sekunden scheint es, dass sie den unerbittlichen Verfolger abhängen konnten. Einen Moment bleiben sie keuchend stehen und versuchen sich zu orientieren.

»Das war kein Mensch! Dieses Geräusch und die seltsam trippelnden Schritte ...«, glaubt Mattis.

Mariam schaut Mattis fragend an: »Wieso bist du dir so sicher?«

»Ich werde ja wohl die Schritte eines Menschen erkennen!«, gibt Mattis zum Besten.

»Du bist ja wieder ein ganz Schlauer! Was denkst du, was uns verfolgt! Ein trippelndes Gespenst?«, murmelt Mariam.

»Ich habe keine Ahnung, was uns auf den Fersen war. Wir müssen trotzdem durch das geheimnisvolle Labyrinth in den unvorstellbaren Tiefen! Vielleicht will uns jemand unnötige Angst einjagen!«, sagt Mattis.

»Also gut! Wer auch immer zu diesem Trippeln gehört, wir lassen uns nicht weiter einschüchtern. Wir sind Kristallkinder und werden beschützt!«, macht sich Mariam Mut.

Heimtückische Dunkelheit gähnt ihnen aus der Tiefe entgegen. Sie bewegen sich in einem Wechselbad der Gefühle.

Plötzlich hält Mariam wieder inne: »Mattis, vielleicht waren es Zwerge und wir rennen wie aufgescheuchte Hühner durch den Tunnel!«

Mattis lacht auf und leuchtet wieder mit der Handytaschenlampe. »Ja, das wäre eine gute Erklärung! Doch gibt es überhaupt Zwerge?« Er grinst über das ganze Gesicht und will noch etwas sagen, wird aber abrupt durch ein Geräusch unterbrochen. Sie schauen sich sprachlos an.

»Vielleicht ein Salamander!«, meint Mattis spitzbübisch.

Vor ihnen gehen schmale ausgetretene Stufen hinab. Sie zögern einige Sekunden und beraten, wie es weitergehen soll.

»Mich schaudert, da hinunterzugehen! Wenn das eine Falle ist ...!«, meint Mariam und wischt sich eine Strähne aus dem Gesicht.

Sofort verdrängen sie den Gedanken an eine Gefahr wieder. Es ist, als ob eine geheimnisvolle Macht sie dazu bewegte, nach unten zu gehen. Zaghaft setzt Mattis den Fuß auf die abgetretene Stufe. Wie ferngesteuert, fast willenlos gehen die Beiden Stufe für Stufe hinunter, tiefer und tiefer ins Rätselhafte, vorsichtig tastend die Wand entlang. Weiter unten verliert sich die Treppe in der Dunkelheit. Es wird kälter. Irgendwo tropft Wasser monoton zu Boden. Mattis rutscht aus und fällt hin.

«Autsch. Ausgerechten auf meine Schulter bin ich wieder geflogen. Ohne Licht kommen wir hier nicht weiter! Wir müssen umkehren!«, sagt er resigniert.

»Das erstaunt mich, von dir zu hören! Beißen wir die Zähne zusammen und gehen weiter!«, antwortet Mariam nun mutig.

Mariam schaltet ihre Handytaschenlampe ein. Das Leuchten fällt auf ein dunkles verrostetes Eisen, über das Mattis gestolpert sein muss. Mitten in der Wand befindet sich eine Holztür. Sie sieht aus, als hätte sie jemand mit einer Axt malträtiert. Natürlich ist sie verschlossen.

»Offenbar liegt hinter der Tür ein Geheimnis!«, sind sich die beiden einig. In Anbetracht der verletzten Schulter von Mattis nimmt Mariam die Arbeit selbst in die Hand. Sie sucht einen sicheren Halt für die Füße, legt die Schulter an die Tür und versetzt ihr einen kräftigen Stoß. Niemand hätte überraschter sein können als sie selbst, als die Tür mit einem Knarren nachgibt und Mariam Hals über Kopf in die Dunkelheit dahinter stürzt. Ein Schrei, dann Stille. Mattis steckt den Kopf durch die Tür und starrt angestrengt in die Dunkelheit. Erleichtert stößt er die Luft aus, als er Mariam sieht.

»Das war eine Meisterleistung«, lobt er Mariam. »Hast du dir wehgetan?«

»Ein paar blaue Flecken habe ich bestimmt abgekriegt! Aber damit kann ich leben!«

»Wo sind wir hier!«, fragen sie sich.

Gelandet sind sie in einem weiteren dunklen Gang. Sie gehen weiter durch den Tunnel. Da ihre Augen sich an das trübe Licht gewöhnt haben, lassen sie ihre Blicke umherschweifen, weil sie immer noch das Gefühl haben, hier nicht allein zu sein. Ihre Blicke fixieren eine Ecke, von der Schwingungen ausgehen.

Die Zwerge Munkel und Zwieback

Ein eigenartiges Strahlen macht sich breit. »Woher kommt dieses Licht?«, rätseln die beiden und schauen um sich. Plötzlich stehen zwei Zwerge vor ihnen. In ihren Händen tragen sie ein goldenes Licht. Sie sind zwei kleine Lichtbringer. Diese schauen die beiden Kinder etwas finster an. Verblüfft und sprachlos starren Mariam und Mattis die Zwerge an. Zwei Zwerge mit Laternen!

»Wir sind Munkel und Zwieback. Warum rennt ihr davon? Habt ihr keine Selbstvertrauen?«

»Ähh ... Oh ... Ups?«, hört man die beiden stottern.

»Also doch Zwerge!«

»Was macht ihr hier in unserem Reich? Eigentlich mögen wir es nicht, wenn Menschen in unser Reich eindringen. Ihr Menschen kommt meistens nicht in guter Absicht. Im Labyrinth unter den Weißen Bergen haben wir uns immer sicher gefühlt, bis unerwünschte Eindringlinge unsere Schätze stehlen wollten. Doch niemand geht unerlaubt hier herein. Und wenn doch, werden sie nie finden, nach was sie suchen.«

»Wir kommen in guter Absicht! Ihr mögt die Menschen nicht, also habt ihr uns einen solchen Schrecken eingejagt!«, antwortet Mattis mutig.

»Richtig, wir mögen die meisten Menschen nicht. Ohne sie wäre die Welt ein Paradies.«

»Aber wieso zeigt ihr euch ausgerechnet uns?«, fragt er weiter.

Die Zwerge schauen Mattis und Mariam lange an. So lange, dass sie das Gefühl haben, geröntgt zu werden.

»Ihr beschäftigt euch doch mit den Geheimnissen der anderen Welt und seid auf der Suche nach dem heiligen Licht?«

»Ja, wir suchen den Gralskelch und sind für jeden Hinweis dankbar«, antwortet Mattis blitzschnell.

Mariam steht wie hypnotisiert da und betrachtet unentwegt die Zwerge. Sie ist von den beiden kleinen Kerlen so was von begeistert: »Ihr seid ja megasüße kleine Zwerge.«

Mattis gibt Mariam einen Schubs. »Die sind doch nicht süß. Die sind ja uralt und faltig, aber clever!«

Die beiden Zwerge beobachten die Jugendlichen weiter mit ihrem Röntgenblick. »Wir prüfen euch schon lange. Ob ihr es wert seid, in unser Reich einzudringen?«

»Und? Sind wir es?«, fragt Mattis gespannt.

Die Zwerge antworten nicht auf die Frage. Stattdessen machen sie einen Vorschlag:

»Wollt ihr, dass wir euch ein Stück des Weges begleiten?«

»Super Idee! Das Angebot nehmen wir gerne an. Sich in eurem Reich zurechtzufinden, ist nicht einfach!«, antwortet Mattis dankbar.

»Das wäre unglaublich lieb, ihr seid ja so was von niedlich!", schwärmt Mariam ungebremst.

Mattis schaut Mariam an und schüttelt nur den Kopf. »Mariam, was ist mit dir passiert? Haben die Zwerge deine Sinne benebelt?«

»Ich bin einfach nur begeistert, Zwerge zu sehen! Das ist ja nicht verboten, sich zu freuen, Oder?«, lächelt sie.

Offenbar gefällt es den Zwergen, von Mariam so bewundert zu werden.

»Gehen wir!«, werden die Menschenkinder von den Zwergen aufgefordert.

Mariam und Mattis werden von den Ortskundigen durch ein unterirdisches Labyrinth geführt. Wie fast alle Zwerge sind die beiden voller Neugier. Sie fragen Mariam und Mattis Löcher in den Bauch, woher sie kommen, wohin sie gehen und warum. Eigentlich wollen sie mit ihrer Fragerei nur prüfen, ob die beiden die Wahrheit sagen. Die Zwerge wissen genau, wen sie vor sich haben.

Plötzlich stehen sie Höhlenforscher vor einem verschlossenen Tunnel.

»Das ist eine magische Barriere. Niemand findet den Eingang, wenn wir es nicht gestatten! Es ist unser Reich. Niemand weiß davon!«, belehrt Munkel.

Zwerg Zwieback dreht einen Stein in eine bestimmte Richtung, dann wieder zurück, wieder vorwärts und so weiter. Mattis kratzt sich am Kinn und beobachtet genau.

»Diese komplizierte Technik können vermutlich nur Zwerge verstehen«, flüstert Mariam.

»Ist das ein Code?«, fragt Mattis und kratzt sich an der Wange.

»Es ist unsere Geheimsprache!«, kichert Munkel.

Mit einem Rumpeln rollt ein großer Stein zur Seite und öffnet den Zugang zu einem schmalen Gang. Die beiden werden von den Zwergen aufgefordert, durch die Öffnung zu gehen. Hinter ihnen schließt sich das Tor wieder. Als Mariam und Mattis sich umdrehen, sind die beiden Zwerge verschwunden. Eine lange Treppe führt nach oben, die sie hochsteigen. Genau in diesem Augenblick brummt es in der Dunkelheit! Einmal, zweimal und dann ein drittes Mal, dazu ein Grunzen, Zischen und Fauchen.

»Ist das ein Wildschwein?«, fragt Mariam erschrocken und wünsch sich, die Zwerge wären nicht verschwunden.

»Hier gibt es doch keine Wildschweine?«, belehrt Mattis.

»Entschuldigung! War ja auch nur ein spontaner Gedanke! Du weißt ja auch nicht, was da grunzt? Zufrieden?« Ein gereizter Unterton schleicht sich in ihre Stimme.

»Sei nicht albern, Mariam! Können wir wieder weitergehen?«

»Ja, können wir.« Sie bückt sich und schaut sich nochmals um. »Hallo ihr beiden Zwerge, wo seid ihr? Vielleicht könnt ihr uns sagen, was das gerade für komische Geräusche waren? Bevor wir weitergehen?"

Natürlich bekommen sie keine Antwort! Stattdessen hören sie wieder diese eigenartigen Geräusche. Diese seltsamen dumpfen Töne scheinen näherzukommen.

»Ich finde, es liegt Schwefelgeruch in der Luft! Wenn ich könnte, würde ich abhauen!«, meint Mariam beim Weitergehen.

Mattis zögert kurz, schnuppert wie ein Hund in die Luft und bestätigt Mariams Vermutung. »Ja, Schwefelgeruch!« Er hält die Hand in die Luft und dreht den Kopf hin und her. Mit erhobener Hand murmelt er: »Hast du auch etwas Seltsames bemerkt?«

Mariam seufzt schwer. »Was für eine Frage! Ich werde langsam wahnsinnig, weil dauernd etwas Seltsames passiert!«

Der eingeschlagene Pfad wird nicht leichter, aber doch mit jedem Erlebnis, das sie durchmachen, wertvoller.

Nebeldampf

Es geschieht eigentlich rein gar nichts Gefährliches. Dafür Wundersames. Als der Tunnel breiter wird, tauchen sie in einen unermesslich großen Raum ein, der in ein violettes Licht getaucht ist. Der violette Nebeldunst wirkt irgendwie erfrischend und dringt in alle Poren ein. Und während sie noch verwundert dastehen und versuchen, sich zu orientieren, nehmen sie wieder Geräusche wahr – wie ein Glucksen, ein Schnauben, dann ein tiefes rumpelndes Grollen. Schlagartig bleiben sie regungslos stehen und starren einander an. Mattis hält Mariam am Arm zurück. Sie rollt fragend die Augen. Es herrscht eine fürchterliche Anspannung. Dann ist es, als lichte sich der Nebeldunst.

»Von irgendwoher müssen doch diese komischen Geräusche kommen!«, brummt Mattis vor sich hin.

»Von den Zwergen werden die Geräusche nicht sein, denn das hörte sich völlig anders an. Und von Geistern auch nicht, die geben bestimmt keine glucksenden Laute von sich«, analysiert Mariam die Lage.

Ein Schmunzeln huscht über Mattis' Gesicht.

Zuerst sind es klirrende Laute, die sich aber bald in ein tiefes Knurren verwandeln.

»Vielleicht Geister in klirrender Ritterrüstung!«, witzelt Mariam.

Mattis stockt fast der Atem von dem, was er gerade sieht. »Mariam, dreh dich langsam nach links um. Ganz langsam. Aber erschrick nicht!« Mattis' Stimme klingt, als müsse er Mariam beruhigen.

Mariam wendet sich so behutsam um, wie sie nur kann. Kaum fünf Meter entfernt sehen sie zwei vor sich hindösende Drachen. Mariam und Mattis erschrecken gewaltig. Wie gelähmt stehen die beiden da. Mariam erbleicht. Ihre Augen weiten sich.

»Was zur Hölle ist das?«

Mattis verzieht die Mundwinkel und antwortet flüsternd: »Drachen! Das ist ja ein Ding! Zwei Drachen, hier unten! Kann das wahr sein?«

»Was machen wir jetzt!«, flüstert Mariam.

Mattis wirft ihr einen Blick zu und zuckt mit den Schultern. »Abwarten!«

Es dauert keine Minute und die Drachen haben die Eindringlinge entdeckt.

»Eigentlich dachte ich, Drachen wären ausgestorben«, murmelt Mariam.

Die Suchenden nach dem rätselhaften Geheimnis befinden sich auf der Bühne zwischen zwei Welten. Da stehen sie nun, Auge in Auge mit zwei riesigen Drachen. Schnuppernd heben die Tiere die Nase. Ihre Schultermuskeln wölben sich, sie recken und stecken sich, als wären sie gerade aus dem Schlaf geweckt worden. Die hellgrünen Augen der Drachen sind goldgesprenkelt. Erstaunt starren auch die magischen Tiere die Fremdlinge an.

Die beiden Wanderer in zwei Welten schlucken. Alles bleibt friedlich.

»Drachen sind unberechenbar! Aber die beiden wirken nicht gefährlich!«, schätzt Mariam die Lage ein.

Mattis runzelt die Stirn. »Ich glaube auch nicht, dass diese uns angreifen!«

Die Drachen haben die beiden beschnuppert. Die Fabeltiere bewegen sich langsam mit einem dumpfen Knirschen. Ein undefinierbares Knistern liegt in der Luft. Die Luft flimmert violett. Mariam und Mattis sind voller Ehrfurcht und atemlosem Staunen. Freundlich blicken die großen hellgrünen Augen der Drachen über die lange Schnauze in die Welt.

»Dieser fremde Geruch ist Menschengeruch!«, hören sie sagen. Die Drachen stoßen eine Rauchwolke aus. Doch es ist keine bissige Rauchwolke, sondern ein angenehm süßlicher Nebeldunst, welchen die Drachen aushauchen.

Mariam und Mattis sind völlig perplex. Sie verschwinden wieder im violetten Dunst und können nichts mehr sehen. Abhauen können sie auch nicht. Doch sie haben das Gefühl, der Nebelduft öffnet ihr Herz und gibt ihnen einen weiteren Energieschub.

»Wie heißt ihr beiden Menschenkinder?«, hören sie es durch den violetten Dampf fragen. Mariam stutzt und schaut zu Mattis. Sie wartet, dass Mattis etwas sagt. Dieser räuspert sich und sagt dann leise: »Ich bin Mattis und die hübsche junge Dame ist Mariam!«

»Die Drachen sprechen tatsächlich mit uns!«, murmelt Mariam erstaunt.

Mattis nickt und wirft ihnen einen misstrauischen Blick zu. Der Nebel legt sich wieder.

»Wie kommt ihr überhaupt hierher und was wollt ihr von uns?«, werden die Jugendlichen gefragt.

»Wir sind auf einer Zeitreise mit Pino und auf der Suche nach dem Gralskelch!«

»Von Pino, dem fliegenden Auto, haben wir gehört!«

»Wie ist das möglich, dass zwei dösende Drachen das Geheimnis um das kleine Auto kennen?«, fragt Mattis erstaunt.

»Wir Drachen können im sonnenfarbenen Buch lesen! Es ist voller Magie!«

»Das haut mich echt um! Habt ihr im sonnenfarbenen Buch auch etwas über den Gralskelch gelesen?«, fragt Mariam neugierig.

Die Drachen schweigen und schauen einander an. »Die Menschen wissen nichts, gar nichts von unserer Welt!«

Mariam schaut Mattis fragend an: »Ich glaube, die Drachen sind schwerhörig und haben meine Frage nicht verstanden.«

Es dauert eine Ewigkeit, bis die Drachen sich überhaupt wieder bewegen. Der Nebeldampf hat sich inzwischen völlig aufgelöst. Die Jugendlichen machen ein paar zaghafte Schritte auf die Drachen zu. Die Energie der Drachen ist zu spüren. Die mächtigen Fantasy Tiere drehen den Kopf und schauen die beiden an. Langsam erheben sie sich – wie alte Greise. Brennende Hitze breitet sich von ihnen aus. Die beiden taumeln rückwärts und denken einen Augenblick, die Hitze würde sie verbrennen. Doch im nächsten Augenblick wird die Hitze durch das Schnauben der Drachen weggefegt. Sie atmen auf.

»Haben sie diese Feuerhitze verschluckt?«, stottert Mattis.

»Kaum zu glauben, der Spuk ist vorbei! Ich habe mich schon mit einem verbrannten, entstellten Gesicht gesehen!«, stöhnt Mariam.

Die Höhlenforscher zucken wieder zusammen. Sie hören die Drachen sprechen.

»Das war nur eine kleine Kostprobe unserer Macht! Freunde verbrennen wir nicht.«

»Danke! Da bin ich euch ja wirklich dankbar!«, meint Mariam schnippisch. »Solche erschreckenden Kostproben mag ich nicht besonders.«

»Das sind bestimmt zwei Hüterdrachen!«, flüstert Mattis.

»Du magst ja recht haben. Aber diese Hitze hat mir einen gewaltigen Schrecken eingejagt!«, haucht Mariam.

»Ich habe mich ja auch schon als Grillkohle gesehen!«, grinst Mattis.

Die beiden Drachen lassen die Jugendlichen nicht aus dem Auge.

»Ihr wolltet etwas über den Gralskelch wissen?«

Schlagartig wenden sich Mariam und Mattis wieder den Drachen zu.

»Ja! Wisst ihr, wo wir ihn finden können?«

Es ist, als husche ein Lächeln über das Drachengesicht.

»Erinnert ihr euch noch an den Kampf mit dem roten Drachen?«

Dann schließen die Drachen die Augen und dösen vor sich hin, als hätten Mariam und Mattis ewig Zeit.

»Was hat das mit dem Gralskelch zu tun?«, murmelt Mariam ärgerlich.

Dann schwelgen sie in Erinnerungen.

Begegnung mit zwei Drachen

»Erinnerst du dich noch an den Kampf mit dem roten Drachen, Mariam?«

»Wie könnte ich das vergessen? Das war eine echte Meisterleistung von dir, Mattis!«

Etwas stolz auf das Lob von Mariam, kommt er in leises Schwärmen: »Nur keine Angst haben, denn mit Drachen ist es so: Wenn man keine Angst hat, werden sie ganz klein. Dann nützt es ihnen auch nichts mehr, wenn sie Gift und Feuer spucken. Doch es war ein harter Kampf. Der Drache, mit dem ich gekämpft habe, sah wirklich grässlich aus. An seinen krummen Tatzen waren schreckliche Krallen und an seinen zackigen Flügeln leuchteten metallfarbene, gefährliche messerscharfe Spitzen. Unentwegt schlug er damals mit dem Schwanz auf die Erde, um mir möglichst große Angst einzujagen. Mein Herz schlug aufgeregt, fast zum Zerspringen. Blitzschnell packte ich damals den Drachen am Schwanz und schleuderte das Ungeheuer durch die Luft. In diesem Augenblick war ich so stark wie nie zuvor. Nochmals nahm der Drache einen

Anlauf und brüllte fürchterlich. Er wusste, dass er uns viel mehr Angst einflößen musste, sonst war er verloren. Noch mal packte ich den Drachen am Schwanz, wirbelt ihn eine Weile in der Luft umher, bis ihm ganz schwindlig wurde, und schleuderte ihn dann durch die Luft. Wehklagend blieb der Drache liegen und wurde wirklich ganz klein wie ein Dackel.«

Mariam lacht ihn an. »Ich bin wirklich stolz auf dich, du Drachenkämpfer. Aber nun haben wir es mit zwei anderen Drachen zu tun! Ich wette, dass du heute Morgen nie erwartet hättest, noch mal zwei Drachen zu begegnen.«

»Außergewöhnliche Dinge passieren außergewöhnlichen Menschen!«, meint Mattis mit einem Augenzwinkern.

»Wunder sind nichts für Feiglinge!«, fügt Mariam noch grinsend hinzu.

Sie richten ihre Aufmerksamkeit wieder auf die beiden Drachen und rühren sich nicht von der Stelle. Trotz der feuerroten und weißen Schuppen umgibt sie ein goldener Hauch, wie Sternenglitzer.

»Ich bin sicher, dass die Drachen uns weiterhelfen könnten, den Gralskelch zu finden, wenn sie wollten«, flüstert Mattis.

»Aber dazu müssten sie wieder aus ihrem Schönheitsschlaf erwachen!«, schmunzelt Mariam.

Als hätten die Drachen mitgehört, regen sie sich langsam, sehr langsam, und strecken sich! Mariam stubst Mattis an. Vorsichtig strecken die Drachen den langen Hals aus und schnuppern in der Luft. Nochmals und nochmals. Mit einem plötzlichen Niesen schüttelt ein Drache seinen Kopf und macht ein zwitscherndes Geräusch. Kurz darauf niest auch der andere.

»Gesundheit!«, kichert Mariam.

»Die beiden sind in Ordnung!«, sagt ein Drache zum anderen.

Darauf strecken die Drachen den Hals näher zu den beiden hin. Mattis streckt mutig die Hand aus, um die Drachen zu berühren. Mariam tut es ihm gleich. Ehrfürchtig gleiten ihre Hände über den Kopf der Drachen. Mariam und Mattis sehen sich gespannt an, stoßen gleichzeitig einen erleichterten Seufzer aus. Die Drachen scheinen die Streicheleinheiten zu mögen.

»Die kommen mir vor wie zwei Schmusekatzen!«, flüstert die Drachenbändigerin. Behutsam fahren die beiden über den Kopf der goldglänzenden Tiere. Das gefällt ihnen sehr. »Ich habe immer geglaubt, dass Drachen den Menschen gegenüber gefährlich und böse sind, aber ihr beiden seid ja so lieb! «, wundert sich Mariam.

»Einst haben wir zwei Drachen auch die Menschen in Angst und Schrecken versetzt. Waren feuerspeiende

Ungeheuer. Doch seit Mattis mit uns Drachen gekämpft und uns auch besiegt hat, sind wir euch Kristallkindern und eurer Welt gut gesonnen. Von nun an dienen wir den guten Kräften. Wir Drachen haben uns verwandelt! Nun stehen wir für Weisheit und Liebe! Die Liebe ist die stärkste Kraft der Welt. Wir sind eure Freunde geworden!«, hören sie die Drachen sprechen.

Mattis runzelt die Stirn und fragt: »Wie kann das sein, dass ich euch verwandelt habe? Das ist ja noch gar nicht lange her. Und ich soll diese große Wandlung hervorgebracht haben?«

»Ja, ja, so viel Macht haben Kinder! Die Menschen müssen immer wieder die Drachenkraft in sich finden. Sie müssen lernen, die böse Drachenkraft, die auch in euch Menschen ist, in eine gute Kraft zu verwandeln. Vieles ist möglich! Würden die Kinder sich zusammentun und für das Gute in der Welt danken, würde Frieden auf der Welt einkehren. Denn die große Hoffnung ruht auf euch Kindern!«

»Oh, das freut uns! Aber so einfach ist das nicht! Auf der Welt ist alles kompliziert, denn jeder will der Größte sein!«, antworten die Abenteurer.

»Wir beiden Hüterdrachen werden euch dabei helfen!«

»Wie soll das gehen? Natürlich wäre es supertoll, wenn ich und Mariam einen Drachen hätten und mit ihm herumfliegen könnten, um Ordnung auf der Welt zu schaffen, damit die Menschen wieder friedlicher werden. Aber so wird es bestimmt nicht sein«, meint Mattis etwas wehmütig.

»Nein, so wird es nicht sein! Wir Drachen versuchen die bösen Gedanken aus den Köpfen der Menschen zu verbannen. Denn das Böse schöpft seine Lebensenergie aus allen bösen Taten, die auf der Erde von Menschen begangen werden. Ihr beiden, die ihr es geschafft habt, in unser Reich vorzudringen, habt leuchtende Seelenlichter. Ihr seid für uns wie die Elektrizität, an der wir unsere Batterie, unsere Energie wieder aufladen können. Darum sind Menschen mit einem leuchtenden Seelenlicht für uns so wichtig. Es sind nicht die frechsten und die lautesten Menschen, die am großen Bau der Erde mitarbeiten.«

Mit großem Interesse haben sie der Schilderung der Drachen gelauscht. »Ich hätte noch eine Frage: Was ist überhaupt mit den Menschen passiert, die nicht mehr aus der Höhle herausgekommen sind?«, möchte Mattis wissen.

»Sie alle haben den Kampf mit uns Drachen verloren!«

Mattis macht große Augen und schaut Mariam entsetzt an. Diese fragt erschrocken: »Habt ihr diese Menschen gefressen? Oder verbrannt?«

»Nein, gefressen und verbrannt haben wir sie natürlich nicht, aber aus unserem Reich gejagt. Die Eindringlinge waren nur gierig. Sie wollten die Bodenschätze und die wertvollen Steine stehlen. Diese Bodenschätze verteidigen wir auch für unsere Freunde, die Elementarwesen, schon seit aller Zeit. Ihr wisst ja, was Naturwesen sind!«

»Natürlich wissen wir das! Wir haben himmlische Begleiter wie die Engel und andere lichtvolle Wesen und wir haben irdische Begleiter, die Elementarwesen, wie Zwerge, Gnome, Elfen, Undinen, Sylphen und Feuergeister.«

»Schlaues Mädchen!«, lobt Mattis.

«Wir verwandelten uns in feuerspeiende böse Drachen mit aufgerissenem Mund und fürchterlichem Gebiss. Vor solchen Drachen haben die Menschen Angst, sie glaubten, dass wir mächtige Zauberwesen wären. Doch wir haben sie nur getäuscht. Nicht wir sind böse. Sie selbst haben das Böse in sich nicht umgewandelt. Wir haben ihnen die Erinnerungen genommen und sie durch einen Hinterausgang davongejagt!«

Mattis lacht: »Dabei gibt es die bösen Drachen gar nicht mehr!«

»So weit wollen wir dann doch nicht gehen. Für euch beide gibt es die bösen Drachen nicht mehr! Weil ihr euch nicht fürchtet!«, schränkt der Drache ein.

»Richtig! Wir sind keine Angsthasen!«, bestätigt Mariam.

Die Drachen kichern. »Ja, ja, die eigene Angst hat den unerwünschten Höhlenforschern, die in unser Reich eindringen wollten, den Kopf verdreht!

«Das ist also der Grund, warum niemand mehr beim Haupteingang aus der Höhle gekommen ist!«

Bewundernd betrachten Mariam und Mattis die Drachen. Auch die beiden Drachen genießen es, bewundert zu werden.

»Keiner der Menschen, die durch die Höhle gingen, hatte ein ausreichend helles strahlendes Herz, um uns besiegen oder uns verwandeln zu können! Sie alle haben den Kampf mit der dunklen Drachenkraft verloren. Für unsere Arbeit waren sie unbrauchbar. Deshalb haben wir sie einfach wieder in ihr altes Leben zurückgeschickt und ihnen die Erinnerung genommen. Nun haben sie wieder die Möglichkeit, bessere Menschen zu werden. Mattis hatte die Gabe, den Kampf mit uns Drachen aufzunehmen und zu gewinnen! Ohne die zusätzliche Energie, Mariam, hätte er es aber nicht geschafft!«

Mattis Augen glänzen. Er ist mächtig stolz.

Mariam lächelt zufrieden, zupft ihr Kleid zurecht und denkt: *Ohne uns Frauen kann der stärkste Mann keinen Drachen besiegen!*

»Ach, ihr habt ja noch nach dem Gralskelch gefragt! Natürlich kennen wir das Geheimnis und wissen auch, wo man ihn finden kann!«

»Wow, wirklich?«

»Aber dazu braucht ihr unsere Hilfe!«

Plötzlich dreht sich alles wie ein Kreisel in ungeheurer Schnelle um die beiden Drachenbesieger. Mit tausenden Lichterfäden füllt sich der ganze Raum. Überdimensionale Flügel umarmen die beiden. Sie werden wie Spielzeugpuppen hochgehoben. Mattis schwebt zur rechten, Mariam zur linken Seite des Drachen.

«Kommt, setzt euch auf unsere Rücken und werdet zu Drachenfliegern.«

Das muss man den beiden nicht zweimal sagen. Beide setzen sich auf den Rücken eines Drachen und ab geht der Flug.

»Wenn das meine Mutter sehen würde ...!«, kichert Mariam. Ihr schwarzes Haar flattert im Wind. Sie fliegen durch glitzernde Lichterwelten. Von allen Seiten flimmert rotes, blaues, grünes Licht. Fontänen wie aus Wassertropfen schießen in die Unendlichkeit und fallen wieder zusammen. Es ist ein einziges Glitzerparadies. All das Wunderwerk lässt sie ihre Anstrengungen vergessen. Sie wirken so winzig klein und unbedeutend. Da wird ihnen bewusst, wie sich die Menschen völlig überschätzen. Nur allzu oft sich selbst so wichtig nehmen, obwohl sie nichts Bedeutendes zu sagen haben.

Die Drachen haben ihre Macht gezeigt, aber als Freunde! Über die schnelle Rückkehr sind die beiden traurig. Zurück in der Drachenhöhle ist auch die Glitzerwelt wieder erloschen. Eigentlich wollen Mariam und Mattis nicht schon wieder zurück. Abschied nehmen tut immer weh.

»Nun geht weiter durch unser Drachentor! Niemand kann da durch, wenn er uns Drachen nicht besiegen kann! Wer die gute Drachenkraft in sich hat, besitzt eine innere Stärke! Sie wird euch immer ein unsichtbarer Schutz sein.«

An Mattis und Mariams Gesicht erkennt man, wie mächtig stolz sie sind, den Kampf mit dem Drachen aufgenommen zu haben und mit ihnen durch die Drachenwelt geflogen zu sein.

Zu ihrer Verblüffung sind die Drachen schlagartig mit den Lichtstrahlen verschwunden.

»Haben wir das geträumt oder waren wir wirklich mit den Drachen unterwegs?«, stottert Mariam.

Mattis schubst sie an und lacht: »Hallo, ich bin aber noch da!«

Die beiden drehen sich nochmals und nochmals nach den Drachen um. Doch es bleibt dabei, sie haben sich wie in Luft aufgelöst.

»Das war richtig, richtig schön, in der Drachenwelt«, schwärmt Mariam. »Wenn ich mir etwas wünschen könnte, dann möchte ich nochmals den beiden Drachen begegnen!«

«Da hast du recht, Mariam, es war einfach megacool!«

Aber nun stehen sie wieder allein in diesem gottverlassenen Tunnel.

«Fast nicht zu glauben, dass die Drachen einfach verschwunden sind!«

Begegnung mit einem Dschinni

Eine weitere Pforte in die andere Welt ist geöffnet. Doch sie haben es sich alles anders vorgestellt. Zurzeit befinden sie sich einfach nur in einem gruseligen Tunnel. Vorsichtig gehen sie weiter.

»Mich gruselt etwas, da hindurchzugehen. Der Gang ist behängt mit Spinnennetzen! Aber was bleibt uns anderes übrig?«, stöhnt Mariam.

»Bleib ganz cool, alles halb so schlimm! Spinnen sind doch so herzige Tierchen! Das wird bestimmt ein lockerer Spaziergang!«, ermutigt Mattis.

»Von wegen locker! Bist du sicher, dass wir das tun wollen, durch diesen Gang weitergehen?«, vergewissert sich Mariam.

»Klar bin ich sicher? Wo liegt das Problem! Komm schon, Mariam!«, drängt Mattis.

Mariam schluckt und lächelt gekünstelt. »Gehen wir!«, sagt sie dann entschlossen.

Nach wenigen Schritten macht der Gang eine Biegung. Dann wird der Gang breiter und sie stehen in einer Höhle. Der Boden ist sandig. Ein seltsames Knistern entströmt dem hinteren Teil der Höhle. Ganz geheuer ist ihnen das nicht. Doch die Füße gehen automatisch, wie ferngesteuert auf das Knistern zu. Zu ihrer Verblüffung entdecken sie ein großes loderndes Feuer. Die Flammen lodern auf und verfärben sich blau. Ein riesiger Kessel hängt darüber, dessen Inhalt brodelt und kocht. Dichter Dampf steigt auf und bleibt in der Luft hängen. Es ist ein Nebeldampf, den sie so noch nie gesehen haben. Er scheint von innen her bläulich zu leuchten. Der Nebel lässt alles in einem geisterhaften Licht erscheinen. Ganz anders als bei den Drachen.

»Mattis, weißt du, was ich gelernt habe? Nebel ist nicht gleich Nebel!«

»Da kann ich dir nur recht geben. Irgendetwas liegt in der Luft!«

»Ich spüre es auch!«

Nun lichtet sich der Nebel unerwartet. Mariam kneift die Augen zusammen.

»Meine Fantasie ist grenzenlos, was uns hier alles passieren könnte! Hauen wir lieber ab, solange wir nicht entdeckt worden sind«, macht Mariam den Vorschlag.

Mattis wehrt ab. »Wir sind entdeckt. Bleiben standhaft!«

»Einverstanden! Bleiben wir!«

Kaum gesagt, wirbelt Staub in einem Muster auf. Mariam legt vor Schreck ihre Hand auf Mattis' Arm. Da ertönt eine heisere flüsternde Stimme.

»Was wollt ihr hier?«

Blitzartig drehen sie sich um. Doch es ist niemand zu sehen. Sie tauschen einen fragenden Blick.

»Wer bist du, der mit uns spricht?«

»Ich bin die Stimme dieses Ortes!«

»Das habe ich auch gemerkt!«, antwortet Mariam mutig. Eine Gestalt löst sich aus der Aschewolke. »Ist das nicht das Gesicht aus dem tiefen Brunnen?«, murmelt Mariam überrascht.

Ein glitzerndes, menschengroßes Strahlen bewegt sich auf die beiden zu. Das Leuchten in seinen Augen ist stark. Sie stehen fassungslos da, völlig verwirrt. Sein Haar ist weiß wie Schnee, sein Gewand ist weiß glänzend. Auf der Stirn hat er einen blauen Saphir. Hin- und hergerissen zwischen Staunen, Freude und Furcht stehen sie da und bringen zuerst kein Wort heraus.

»Das ist ja der Hammer. Der Kerl sieht ein bisschen unheimlich aus! Aber total schön!«, haucht Mariam.

Dieser mustert die beiden mit nachdenklichem Blick. Dann verliert das Gesicht des Angesprochenen für einen Augenblick seinen Ernst und ein Lächeln zieht über seine strenge Miene. Mattis steht auch wie angewurzelt da. Klappt den Mund auf und zu, bringt aber kein Wort heraus. Nach einer Weile findet auch er seine Stimme wieder.

»Heiliger Strohsack!«, stottert er und hüpft von einem Fuß auf den anderen. »Bist du ein Geist? Oder ein Mensch! Ein Zauberer? Oder was bist du sonst?«, fragen sie weiter.

»Ich bin ein Dschinni!« Der Dschinni reibt sich eifrig die Hände und macht ein paar weitere kurze Schritte auf die beiden zu. »Ich bewache das Tor ins verborgene Land und achte darauf, dass keine bösen Mächte den Eingang finden. Niemand kann mich überlisten. Denn ich sehe in euer Herz«, hören sie sagen.

»Das haben die Zwerge auch gesagt! Warum jagst du uns aber solch einen Schrecken ein, wenn du uns erwartet hast? Geht es nicht etwas freundlicher?«, fragt Mariam ärgerlich.

Der Dschinni schmunzelt: »Nicht nur ihr habt es auf die Geheimnisse der verborgenen Welt abgesehen. Viele kommen und wollen sich bereichern. Das war ein Test! Angsthasen wären davongerannt. Ihr seid standhaft geblieben!«

»Das ist ja interessant!«, antwortet Mariam. »Aber ehrlich gesagt wäre ich auch fast abgehauen!«

»Wirklich interessant!«, stottert Mattis. Mit Staunen erfüllt stehen die jungen Seelenwanderer da. »Wie viele Tore gibt es eigentlich, die bewacht werden, um in die andere Welt einzudringen?«, fragt Mattis.

Der Dschinni lacht. »Unzählige. Über die Erde ziehen viele unsichtbare Kraftlinien. Dort, wo zwei oder mehrere Linien sich kreuzen, ist ein Tor. Aber zuerst einmal: Seid gegrüßt, junge Freunde! Ihr habt es also tatsächlich geschafft, den Weg zu mir zu finden. Über euren Besuch freue ich mich. Schon lange habe ich auf euch gewartet. Noch bevor ihr geboren wurdet, hat man euch angemeldet. Aber ihr wisst ja, dass ich nicht der Einzige bin, der auf euch gewartet hat. Die ganze unsichtbare Welt wusste davon. Auch wenn ihr denkt, ganz normale Kinder zu sein wie andere auch, habt ihr dieses Leuchten auf eurer Seele. Ein glühender weißer Strahl im goldenen Lichtfluss des Universums seid ihr. Eine Lichtstraße zwischen Himmel und Erde wurde durch euch gebaut.«

Die beiden schlucken und fühlen sich geehrt.

»Aber was ist eigentlich ein Dschinni?«, fragt Mariam.

Der Dschinni erklärt: »Die Engel sind die Besten, die haben nie auf der Erde gelebt. Bei uns Dschinnis gibt es gute, aber auch böse! Wir guten dienen den Menschen! Normalerweise sind wir Dschinnis unsichtbar, aber wir können manchmal ausnahmsweise sichtbar werden. Ich selbst habe viele Male auf der Erde gelebt, bis ich dann in die geistigen Ebenen aufsteigen konnte. In diesen Ebenen habe ich viele Aufgaben. Die Kristallkinder liegen mir besonders am Herzen, weil sie in dieser neuen Zeit den Menschen auf der Erde eine Hilfe sein können. Die Welt hat ihre Ruhe und ihre Sicherheit verloren. Kinder, ihr beiden seid wahre Lichtbringer, weil ihr ein Wissen in euch tragt, das für andere hilfreich sein kann. Den meisten Menschen bleibt die geistige Welt verborgen. Lediglich die Lichtkinder haben die Fähigkeit behalten, sie zu sehen Wir Dschinnis sind aus heiligem Feuer gemacht und haben für Kälte nichts übrig. Bei kalten Temperaturen können wir unsere Kräfte nur schlecht entwickeln.«

Mattis Bewunderung für den Dschinni kennt keine Grenzen: »Bist du ein Meister, Dschinni?«, fragt er.

Statt einer Antwort berührt der Dschinni mit dem kleinen Finger den blauen Saphir auf seiner Stirn und richtet dann den Finger auf die beiden. Für Sekunden umhüllt sie ein blauviolettes Licht, das durch Mark und Bein geht. Mattis ist begeistert.

»Ohne Zweifel bist du ein Meister, Dschinni, aber wie wird man ein Meister?«

»Um die Meisterschaft zu erreichen, also ein großer Meister zu werden, bedarf es einer harten Schulung. Magie war immer und wird immer eine Kunst bleiben und nur Wenige finden den Zugang«, erklärt der Dschinni.

»Und die bösen Dschinnis, was machen die?«, fragt Mariam neugierig.

»Die bösen Dschinnis sind stets bemüht, Streit in die Welt zu bringen! Ein Dschinni der Finsternis füllte einst einen Kelch mit einem Zaubertrank. Den unwissenden Menschen schmeckte der Trank so gut, dass sie so viel tranken, bis sie betrunken waren. Dann fingen sie fürchterlich an zu streiten und das ist bis heute so geblieben. Diese Menschen haben der Erde großen Schmerz bereitet. Seit ewigen Zeiten haben wir euch Menschen alles gegeben, was ihr zum Leben braucht. Wasser, Nahrung, Erde, Licht … Alles hielt sich im Gleichgewicht. Doch in den letzten hundert Jahren fingen die Menschen an, alles zu zerstören. Tiere und Pflanzen wurden ausgerottet. Die Meere, die Flüsse, die Quellen … Alles wurde verschmutzt. Die Bäume werden abgeholzt und den Tieren des Waldes wird ihr Lebensraum genommen. Was in der Erde schlummert, wird geraubt, weil die Menschen denken, die Erde gehöre ihnen. Die Böden, auf der die Nahrung wächst, wurden vergiftet. Jeder Mensch ist auf Erden nur ein Reisender, ein Gast. Niemandem steht das Recht zu, sich so zu benehmen, als wäre er alleiniger König. Die ganz bösen Kriegstreiber haben fürchterliche Kriege angezettelt und ganze Länder, Städte und Dörfer zerstört. Und denken noch, dass sie ein Recht dazu haben. Das freut die bösen Dschinnis, denn nun haben sie Kummer und Leid unter die Menschen gebracht. Das Böse ist Finsternis und es ist schwierig, im Dunklen zu sehen. Weisheit und Liebe wird durch das Böse verdeckt«, antwortet der Dschinni.

Die beiden sind tief aufgewühlt von dem, was sie gerade gehört haben.

»Und was kann man jetzt dagegen machen, um die Welt zu verbessern?«, fragt Mariam.

»Sagt den Menschen, sie sollen aufhören mit diesem Treiben, sonst werden Wirbelstürme über das Land fegen. Vulkane werden ausbrechen und die Sonne wird sich verdunkeln. Tsunamis werden Strände, Dörfer, Städte und Felder überziehen. Jedes Gift, das der Mensch ausbreitet, landet schlussendlich in seinem eigenen Körper. Ein Virus namens Corona zieht durch die Welt. Es ist eine Warnung an euch Menschen. Haltet inne und hört wieder, was die Erde spricht. Ihr Menschen braucht die Erde, um zu leben. Die Erde braucht euch Menschen nicht.«

Sie schweigen eine Weile.

»Die alte Zauberin hat uns auch aufgefordert, die Natur zu retten. Uff, das ist aber happig, was wir den Menschen sagen müssen«, sind sich die beiden einig. »Wie sollen wir das anstellen? Wir sind ja noch in der Schule«, fragt Mattis.

Auch Mariam schaut den Dschinni mit fragenden Augen an. »Nicht einmal unsere Schulkameraden hören auf uns. Wollen wir etwas von einer anderen Welt erzählen, werden wir nur als Spinner verspottet und ausgelacht. Sie halten alles nur für dummes Geschwätz. Wie sollen wir das anstellen, die Welt zu verändern?«

Der Dschinni lächelt.

»Ihr seid das Verbindungsglied zwischen zwei Ebenen. Mit euren strahlenden Herzen verbindet ihr die Menschenwelt mit uns wie mit einem Silberfaden. Es braucht gar nicht viele der strahlenden Menschen, um die Welt zu verändern. Die Menschen sollten sich ganz einfach mehr den guten Gedanken hingeben! Ich gebe euch eine einfache Aufgabe: Wenn ihr wieder in eurer Schulklasse seid, dann sollen die Mitschüler mit euch eine ganz einfache Übung durchführen. Jeder Schüler muss für jedes andere Kind aufschreiben, was es besonders Gutes an diesem und jenem Mitschüler schätzt. Aber ihr dürft keine negativen Eigenschaften aufschreiben, nur die guten. Ihr werdet sehen. Es gibt ganz viel Positives über jedes Kind zu berichten. Meistens spricht man immer über das Negative, da gibt es viel mehr aufzulisten. Alles, was die Menschen denken, fühlen und machen, prägt das ganze Universum. Positive Gedanken verändern die Welt. Die Seele eines Menschen zieht während seines Lebens die Milchstraße entlang nach Westen und wenn er alt ist, kommt er wieder zurück. Aber nun setzt euch zum Feuer! Ich habe noch viel zu berichten!«

Ringsum herrscht absolute Stille. Man könnte eine Stecknadel fallen lassen und den Aufprall hören. Dieses Feuer ist wirklich kein normales Feuer, sonst würde es knistern. Die beiden sehen sich wie zwei leuchtende Lampen, als sie sich ans Feuer setzen. Das Feuer lodert aus einer Gralsschale. Wird größer und größer und wird zu einem überirdischen Strahlen. Fasziniert schauen die beiden dem Schauspiel zu. Das Licht wird so intensiv, dass es in den Augen fast schmerzt. Doch sie können den Blick davon nicht abwenden. Heller und heller wird das Licht, das nun wie ein Wirbel um sie herumtanzt.

»Nun könnt ihr von der einen zur anderen Welt wechseln«, hören sie den Dschinni sagen.

Der Dschinni vollführt eine kunstvolle Handbewegung. Eine leuchtende Scheibe wie ein Spiegel erscheint vor ihm. Es scheint, als würde er darin lesen können. Kunstvoll verschnörkelte Zeichen entstehen nebelhaft. Sie versuchen, aus diesen Zeichen schlau zu werden. Es gelingt nicht.

Mariam schubst Mattis an und flüstert: »Auf unserem Weg begegnen wir lauter Zauberkünstlern mit geheimer Magie. Bin gespannt, was er uns noch zu berichten hat. Würde ich ein Buch schreiben, wüsste ich nicht, was ich noch schreiben könnte!«

Doch die verborgene Welt hat noch viel zu berichten. Etwas Unbekanntes, Unsichtbares liegt wie ein Leuchten in der Luft. Dann ist es, als würden sie durch den Spiegel gezogen und sich mehr und mehr dem Zentrum eines mächtigen Energiestrudels nähern.

»Was machst du da bei diesem Strudel?«, fragt Mattis höchst interessiert.

»Meine Magie, meine Kräfte verwende ich, um die negativen Energien zu säubern. Ich verbrenne die bösen Gedanken der Menschen!«, bekommt Mattis zur Antwort. »Ihr könnt mir glauben, diese Gedanken hängen wie Pech und Schwefel in der Luft. Ich sammle sie ein und verbrenne sie hier. Ihr wisst aus Erfahrung, dass dieses Feuer kein gewöhnliches Feuer ist.«

»Das haben wir auch bemerkt. Wir erinnern uns gut an den Hüter des Feuers, als wir die Goldene Stadt gesucht haben. Das magische Feuer, das niemals erlöschen darf, bewachte er. Der Hüter ist darum besorgt, dass es immer die gleiche Temperatur hat. Denn ohne dieses Feuer könnte kein Strauch, kein Baum, keine Blume gedeihen. Alles würde verdorren oder erfrieren.«

Der Dschinni nickt: »Die wahre Liebe des Herzens ist wie ein heilsames Feuer in der Brust, das seine Funken in den Kopf sprüht.«

Mariam schubst Mattis wieder an und kichert: »Durch die Sprühfunken bist du ein Mister Superschlau geworden!«

Sogar der Dschinni schmunzelt über Mariams Bemerkung.

Mit Begeisterung fragt Mattis weiter: »Wir waren kürzlich in einer Baumhöhle, da hat eine alte Zauberin - oder vielleicht war sie auch eine Dschinni – uns zwei Schutzgeister herbeibeschworen. Kennst du sie?«

»Natürlich kenne ich sie! Ohne ihren Segen wärt ihr niemals zu mir gelangt. Wir kommunizieren auf geheime Weise. Wir Guten arbeiten alle zusammen und prüfen die Menschen immer wieder, bevor wir sie in unsere Welt hereinlassen.«

Mariam blickt Mattis stolz an. Der weiß gekleidete Mystiker hat nun die Augen geschlossen und atmet tief und stoßweise. Wie die alte Zauberin murmelt auch er Beschwörungsformeln. Mit gemischten Gefühlen schauen sie zu.

»Wo sind wir nur gelandet? Das alles wirkt wie Hokuspokus und trotzdem spürt man, dass man auf Engelshänden getragen wird«, flüstert Mariam.

Seine halbgesungenen, unverständlichen Worte werden allmählich lauter. Es ist, als würde eine unsichtbare Kraft seine Worte, sein Gemurmel durch einen Luftstrom wegtragen. Sein Oberkörper wiegt hin und her. Seine Haut beginnt zu leuchten. Mit kreisenden Handbewegungen zeichnet er Zeichen über den Topf. Dann verliert der Dschinni seine Körperstrukturen, wird wie eine durchsichtige Feuersäule. Ein Luftzug weht Mariam das Haar ins Gesicht. Woher der Luftstrom kommt, wissen sie nicht. Die beiden fühlen sich wie kleine unbedeutende Raupen. Die Raupen fangen an, sich zu verwandeln, sich zu verpuppen. Die beiden spüren ein Kribbeln am ganzen Leib. Mariam kicherte leise. Mattis schaut ihr in die Augen. Sie spüren, wie sie ihren Körper verlassen, sich in Dschinnis verwandeln und davongetragen werden, an einen Ort mit lauter wundervollen blühenden Blumen in allen Farben. Sie haben ihren Geistkörper umgewandelt und sind wie wunderschöne Schmetterlinge geworden.

An diesem Ort gibt es noch viele andere Kinder, Jugendliche und Erwachsene. Sie alle sind leuchtende Lichtwesen. Den Dschinni sehen sie als farbige Lichtgestalt. Sie spüren eine Welle des Schutzes, die von ihm ausgeht. Ein Gefühl der Wärme durchströmt sie. Die alte Zauberin hat die Vorarbeit gemacht, dass sie nun mit dem Dschinni in seine Welt reisen können.

»Wir leben auch in einer höchst interessanten Zeit. Durch den Nebel leuchtet ganz viel Neues auf«, hören sie jemanden sagen.

»Jeder Mensch ist ein Ton, der ohne ihn nicht da wäre. Dadurch sind alle Menschen wichtig, die zur erfolgreichen Symphonie beitragen«, spricht ein anderer.

Eine dritte Stimme meint: »Der goldene Stern taucht ins eigene Herz und wird zur Kraft der Liebe!«

Und eine vierte Stimme spricht: »Um das Dunkle in der Welt zu besiegen, müsst ihr das Dunkle in euch bezwingen!«

Die fremdartigen Worte rollen durch ihre Köpfe. Sie fangen an zu verstehen, was die unsichtbare Welt, Raum und Zeit bedeuten. Den Mutigen gehört das Universum.

Sie schweben in einer Geistwelt der Schönheit, von wo die schönen Träume kommen. Abrupt lässt der Luftstrom nach. Der Dschinni zieht sich wieder zusammen, wird wieder ein ganz gewöhnlicher Mensch. Auch die beiden Mitreisenden kehren in den Körper zurück.

Gespannt verfolgen sie seine Handbewegung. Er öffnet die Augen, sie leuchten wie Sonnenlicht. Dank der Zauberkraft des Dschinnis wird den Menschen wieder der Zutritt in die Zwischenwelt ermöglicht. Sie spüren, wie die kraftvolle Energie aus der besuchten Himmelswelt schwächer wird. Dann erlischt das Feuer.

Eine Weile sitzen sie einfach nur erschöpft da, als wenn sie den längsten Marathon hinter sich hätten. Eine ganze Weile braucht es, bis sie sich erinnern, wo sie wirklich sind. Sie sind wie kleine Kinder, die vor lauter Staunen über das Erlebte nicht antworten können.

Der Dschinni lächelt ihnen freundlich zu. »Das war ein Reinigungsritual. Wären eure Seelen wie welke Blumen gewesen, hättet ihr nicht in den Ort der leuchtenden Blumen eintreten können.« Dann schweigt er.

Mariam und Mattis brauchen noch etwas mehr Zeit, um sich wieder zu finden. Der Dschinni bewacht sie sitzend. Dann steht er auf, verschwindet kurz und kommt mit einem goldenen Becher zurück und bleibt fast feierlich vor ihnen stehen.

»Ist das der Gralsbecher?«, fragt Mattis begeistert.

»Nein! Wenn ihr aber aus diesem Becher trinkt, werdet ihr die mächtigsten Menschen der Welt. Aber dann könnt ihr nicht mehr in euer altes Leben zurück! Überlegt gut!«

Mariam und Mattis müssen nicht lange überlegen. Sie geben sich zu verstehen, nicht aus dem Becher zu trinken, denn sie wollen in ihr altes Leben zurück. Auch glauben sie nicht daran, die mächtigsten Menschen der Welt werden zu können und das überhaupt zu wollen! Sie schütteln den Kopf.

»Wir trinken nicht aus dem Becher. Uns genügt es, ganz normale junge Menschen zu sein. Vielleicht mit einem Hauch Magie«, lächeln sie.

»Ihr habt weise gehandelt! Manche werden euren Weg nicht verstehen, den ihr geht. Das müssen sie auch nicht, denn es ist euer Weg! Euer Weg wird euch des Himmels Herz weiter öffnen! Es sind die Mutigen, welche den Weg des Herzens gehen und nicht auf jedes Geplapper hören von Menschen, die nichts Bedeutendes zu sagen haben«, sagt der Dschinni.

Mariam und Mattis wissen gar nicht, was sie antworten sollen.

»Ich habe euch ausgewählt! Macht mich stolz.«

Während sie ihn schweigend anschauen, wird ihnen klar, dass sie in die außergewöhnliche Macht der Magie eingetreten sind und einen Lichtstrahl für die Menschen über die Erde geschickt haben. Der Dschinni fährt nochmals mit der Hand durch die Luft, als schiebe er einen Vorhang weg. Und abermals schauen die Jugendlichen mit ihrem inneren Auge in die andere Welt, ins Reich der Feen und Engel. Sie haben wunderschöne durchsichtige Körper aus weißem Äther. Ein kleines Grüppchen von federleichten Wesen löst sich aus den Baumspitzen. Es sind Feen mit schillernden Flügeln. Jetzt huscht die ganze Schar heran. Wispernd begutachten sie die Kinder. Auch das Flüstern der Bäume und das Rieseln einer Quelle sind zu hören.

»So stellt man sich eine Märchenwelt vor!«, meint Mariam voller Ehrfurcht.

Dann wird der Schleier wieder zugezogen.

»Nun führe ich euch wieder in die wirkliche Welt zurück. Folgt mir!« Die beiden folgen dem Dschinni wortlos durch ein Labyrinth von unterirdischen Gängen und kommen auf eine Lichtung. »Nun müsst ihr den alten Friedhof finden. Genauer gesagt: den Tempel der weißen Träne! Dort findet ihr den Kelch des Lebens mit dem heiligen Wasser. Sucht die magische Pforte und bringt das heilige Wasser zurück auf die Erde. Es genügt schon, wenn ihr beide einen Schluck davon trinkt. Dann werdet ihr die Boten, die von einer zur anderen Welt wechseln können.«

»Ja, dann machen wir uns auf den Weg, das fast Unmögliche zu finden!«, antwortet Mattis.

»Ich bin auch dabei! Ausgerechnet wir, ganz normale Dreizehnjährige, suchen den Kelch der Erleuchtung mit dem heiligen Wasser des Lebens!«

»So mag ich dich, Mariam«, schmunzelt Mattis. »Vor unseren Zeitreisen hätte ich gesagt: völlig unmöglich. Heute sage ich: Nichts ist unmöglich.«

Sie fühlen eine nie gekannte Zuversicht, diese Aufgabe zu meistern. Sie schweben in einem noch nie gekannten Glücksgefühl. Der Dschinni nickt zufrieden und gibt ihnen noch einen Tipp mit.

»Auf eurem Weg dürft ihr nichts mitnehmen, nicht einmal einen Stein. Ich werde alle Zeit über euch wachen, ihr habt mich hier kennengelernt, nun werdet ihr mich in eurer Welt besser finden. Aber nicht so, wie ihr denkt. Es sind die Zeichen, auf die ihr achten müsst.«

Der Wind bläst eine liebliche Melodie, die die beiden wieder in die Wirklichkeit zurückholt. Mariam und Mattis sind nun überzeugt, den Weg zu finden! Doch nun gilt es, von hier aus weiterzukommen! Der Dschinni ist immer noch da.

»Ihr braucht zum Weiterkommen eine Führung, damit ihr euch in diesem Land nicht verirrt. Als Hilfe gebe ich euch zwei Pferde mit. Ich lasse sie für euch satteln, sonst findet ihr den Friedhof nicht. Seid ihr einverstanden?«

Natürlich sind sie einverstanden. Aber wo sollen hier Pferde sein? Gleichzeitig vernehmen sie ein raschelndes Geräusch, das lauter wird und sich nach galoppierenden Pferden anhört! Die beiden sind völlig überwältig! Wie konnte der Dschinni die Pferde nur herbeirufen? Da kommen zwei Schimmel Seite an Seite angaloppiert. Ihre wilden Mähnen fliegen wie ein Schneesturm und aus ihren Nüstern ertönt ein Schnaufen und Wiehern. Die Hufe der beiden Pferde wirbeln Staub auf. Genau vor ihnen bleiben die Pferde stehen.

»Könnt ihr überhaupt reiten?«

Mariam schluckt und verdreht wortlos die Augen. Mit fragendem Blick wendet sie sich Mattis zu.

»Eigentlich nicht!«, stottert dieser.

»Macht nichts, die Pferde kennen den Weg. Und wenn sie nicht mehr weiter wollen, steigt einfach ab. Dann habt ihr das Ziel erreicht. Die Pferde finden danach den Weg problemlos wieder zurück. Gute Reise, junge Freunde! Und viel Erfolg auf eurer geheimen Mission!«

Sie hätten ihn gerne mehr gefragt über diesen Friedhof, doch dazu ist keine Zeit. Der Dschinni hat sich in Luft aufgelöst. Da stehen die beiden nun mit ihren Pferden.

»Ein echter Dschinni! Simsalabim und weg ist er!«, staunen sie.

Der geheimnisvolle Friedhof

Mariam will zum Aufsteigen die Zügel packen. Der Schimmel schüttelt sich und wirft den Kopf zurück.

»Das kann ja heiter werden«, jammert sie. Vorsichtig steigt sie in den Steigbügel und schwingt sich in den Sattel. Mattis schaut ihr zu und lobt sie.

»Das sah aus wie bei einer geübten Reiterin!«

Mariam lächelt ihm schelmisch zu und wendet sie dann wieder dem Pferd zu.

»Liebes weises Himmelspferd, sei bitte etwas nachsichtig mit mir, ich weiß, ich kann nicht reiten. Aber deshalb musst du mich nicht gleich aus dem Sattel werfen. Du bist ein gutes Pferd, hat man mir gesagt! Aber nun suche für uns den alten Friedhof!«

Das Pferd schnaubt. Ein leichter Wind säuselt. Mariam schaut zu Mattis. Auch er hat seine Schwierigkeiten, auf seinen weißen Hengst aufzusteigen. Mariam kichert bei diesem Anblick vor sich hin.

Kaum sitzen sie auf den Rücken der Pferde, traben sie los. Sich überhaupt im Sattel zu halten, braucht ihre ganzen Körperkräfte. Mariams Schimmel läuft schnell und der andere folgt dicht hinter ihm. Der Bäume fliegen an den Reitern vorbei wie verwischte Schatten. Der Boden ist von verwelktem, stoppligem Gras überwuchert, das den Hufschlag der Pferde dämpft. An einem Bach unter schattigen Bäumen machen die Pferde einen Halt und trinken Wasser. Die Bäume riechen würzig nach Holz. Eigentlich haben die beiden als Reiter keinen Einfluss, die Pferde machen, was sie wollen. Auch wenn sie an den Zügeln ziehen.

Dann reiten sie wortlos weiter. Die Luft wirkt wohltuend, je höher sie kommen. Als der schmale, von Bäumen gesäumte Pfad steiler wird, gehen die Pferde langsamer. Die Hufe schlagen auf dem trockenen Boden auf und hinterlassen eine leichte Staubwolke. In den Wipfeln singen Vögel, ihr rot-grünes Gefieder blitzt auf, wenn sie durch Astwerk flattern. Felsformationen tauchen auf. Je höher sie kommen, umso kühler wird es.

Überraschend kommt ein starker Wind auf. Die Landschaft verändert sich. Auf beiden Seiten des Weges wachsen plötzlich dichte üppige Farne. Dann kommen sie zu einer Schlucht. An der Innenseite der Wand ist ein Pfad in den steilen Hang gehauen.

»Wie glücklich werden wir beiden Reiter sein, wenn wir das Ziel erreicht haben und wieder absteigen können«, ruft Mariam Mattis zu.

»Wir reiten immerhin himmelwärts! Vielleicht finden wir hier oben den Heiligen Gral!«, ruft Mattis zurück.

»Du bist einfach ein Scherzkeks!«, erwidert Mariam.

Durch zahllose Windungen immer höher steigend, erreichen sie ein Plateau auf einem gewaltigen Bergmassiv. Bäume stehen da, die gar nicht wie Bäume aussehen, sondern wie Baumgespenster. Ganz gebeugt von der Last der Stürme. Grünliche Pilze, die gewiss sehr giftig sind, schauen zwischen den Wurzeln der Geisterbäume hervor. Kein Ton ist zu hören. Kein Vogel singt mehr. Kein Lufthauch regt sich. Grabesstille ringsum. Wären sie nicht Kristallkinder, würden sie sich bestimmt fürchten.

Plötzlich bleiben die Pferde stocksteif stehen, als wenn jemand die Handbremse angezogen hätte. Im letzten Augenblick können Mariam und Mattis sich an den Zügel festhalten.

»Hopp, ihr beiden Pferde, geht weiter!«, befiehlt Mattis.

Natürlich gehorchen die Tiere nicht. Keinen Millimeter bewegen sich die beiden Schimmel mehr weiter.

»Meine Güte, hier sollen wir absteigen? Und wo soll hier ein Friedhof sein!«, stöhnt Mariam.

Noch mal und noch mal versucht sie, ihrem Pferd gut zuzureden, sie zum alten Friedhof zu bringen. Aber die Pferde bleiben wie angewurzelt stehen.

»Es wird uns nichts andere übrig bleiben, als abzusteigen und zu Fuß weiterzugehen«, sagt Mattis ernüchtert.

Mariam kann es nicht glauben, dass die Schimmel sie hier loswerden wollen. Sie spielt ihren Charme aus und streichelt ihren Gaul liebevoll am Hals.

»Du liebes Pferdchen, kannst du uns noch etwas weiter bringen?«

Die Pferde lassen nicht mit sich verhandeln. Regungslos bleiben sie stehen. Unwillig steigen die Jugendlichen vom Pferd. Kaum abgestiegen, galoppieren die beiden Pferde davon. Mariam schaut den beiden zerknirscht nach.

»Ich fühle mich wie im Märchen, wo man uns einfach im Stich lässt!«, jammert sie.

Ihr Weg geht nun wohl oder übel zu Fuß weiter. Sie biegen in den Pfad ein, der um einen Fels führt und der einzige Weg zu sein scheint.

»Das ist ein merkwürdiger Berg, den wir da hochsteigen. In diesem Felsen sind Symbole versteckt. Sieht man genau hin, erkennt man einen Puma oder eine Schlange«, findet Mattis.

»Du beobachtest gut! Der Puma verfolgt uns!«, wird er von Mariam gelobt.

Vorsichtig gehen sie hintereinander. Oft müssen sie sogar zickzack laufen, denn das Gelände ist steil und glitschig. Bei einem Fehltritt riskiert man abzustürzen.

So kommen sie nur langsam voran. Außer Atem machen sie an einer sicheren Stelle einen Halt und schauen sich um.

»Mattis, mal ehrlich, hier oben soll ein Friedhof sein? Was denkst du?«

»Vorstellen kann ich es mir auch nicht, Mariam, aber du weißt ja: Auf unserer geheimen Mission ist alles möglich!«

Mariam schluckt und nickt.

»Was bedeuten wohl die Tiersymbole im Felsen?«

»Auch das weiß ich nicht! Vielleicht Botschaften für die Außerirdischen?«

Mariam verdreht nur die Augen. »Du mit deinen Außerirdischen! Also echt!«

»Gehen wir einfach einmal weiter«, drängt Mattis.

Es ist totenstill, nur ab und zu kreuzt eine Eidechse oder eine große, dicke schwarze Grille, die vom Felsen hüpft, ihren Weg. Und wie sie so hochschreiten, entsteht vor ihnen ein Wolkenturm. Nach ein paar weiteren Schritten denken sie, sie hätten das Ende der Welt erreicht. Ein plötzlich auftauchender schillernder Regenbogen spannt sich über den Himmel. Er leuchtet prächtig und es ist ihnen, als müssten sie durch den Regenbogen gehen, weil er ihnen eine Tür geöffnet hat.

»Ich als alter Häuptling sage; Da müssen wir hindurch! Hier oben in den Wolken leben vielleicht Geister des Windes, der Wolken und des Donners«, gibt Mattis zum Besten.

»Du alter Indianer, ist das ernst gemeint? Oder veralberst du mich! Gottverlassen ist es hier oben!«, sagt Mariam mit gedämpfter Stimme.

Der Ruf eines Vogels »huuu, huuu« lockt sie weiterzugehen. Die Jugendlichen deuten es auch als Zeichen. Sie gehen durch das Regenbogentor.

Zu ihrer großen Erleichterung bekommen sie bald wieder klare Sicht. Erstaunt sehen sie eine große Anzahl verwitterter Tempelsteine. Sehr dunkel und etwas beängstigend sehen sie aus.

»Unglaublich, wir haben ihn gefunden, den alten Friedhof«, jubeln sie. Sie klatschen sich gegenseitig in die Hände.

Der Friedhof liegt am höchsten Punkt des Hügels. Die Steine liegen unregelmäßig verstreut und sind zum Teil total verfallen. Neugierig laufen sie durch das Gelände. Die verwitterten Steine sehen aus wie unheimliche Steingestalten. Nirgends ist eine Inschrift mit Namen zu finden. Dafür sind Zeichen und Symbole eingeritzt. Nur eine uralte Echse wohnt noch hier, die sich über die Besucher wundert. Plötzlich nimmt Mattis Mariam an der Hand und zieht sie zu einer halb verfallenen Gruft, die etwas erhöht hinter Gebüsch und felsigem Gestein verborgen ist.

Von dieser Stelle aus kann man gut den alten Friedhof überblicken, ohne selbst gesehen zu werden. Sie setzen sich auf einen großen Stein und überblicken das Ganze. Keine Bewegung, kein Laut. Nur ein leichter Wind weht über den Gottesacker. Mariam schließt für einen Augenblick die Augen und zieht die Luft tief ein.

Mattis kann es nicht bleiben lassen und macht wieder einen blöden Witz: »Stell dir vor«, beginnt er übermütig, »wenn jetzt ein Vampir käme und sagen würde: Hey ihr beiden! Ihr sitzt auf meiner Eingangstür zu meiner Gruft. Ich kann nicht in meinen Sarg zurück!«

»Hör mit den blöden Witzen auf!«, sagt Mariam. »Man soll den Teufel nicht an die Wand malen, schon gar nicht auf diesem Friedhof!«

Mattis schaut Mariam forschend an: »Du bist doch nicht etwa abergläubisch!«

»Ich? Abergläubisch? Sicher nicht!«, krächzt sie.

»Mein Gott, dann werde doch nicht gleich hysterisch!«

Funkstille herrscht. Sie beobachten einen Kondor, der hoch oben in der Luft seine Kreise zieht und nach Beute Ausschau hält.

Mariam bricht nach einer Weile die eisige Stimmung und meint: »Immerhin ein Vogel, der sich zeigt. Also, im Ernst: Die Existenz dieses Friedhofs ist mir ein Rätsel! Weit und breit kein Dorf und dann ein Friedhof im Niemandsland. Irgendetwas stimmt hier ganz und gar nicht.«

Mattis überlegt und antwortet: »Vielleicht ist das ein Friedhof der Magier und die Anordnung der Steine zu einem Kreis könnte doch eine Orientierungshilfe für Außerirdische sein. Vielleicht ist es gar kein Friedhof! Und die Anordnung der Steine ein geheimer Code, den wir entschlüsseln müssen!«

Mariam schaut ihn an, spielt mit einer Haarsträhne und denkt nach.

»Das ist gar nicht so daneben! Womöglich ist es wirklich eine Orientierungshilfe für Außerirdische, Magier oder was auch immer! Bestimmt stehen wir an einem Kraftort, wo elektromagnetische Felder durchlaufen. Wir könnten diese Energien nutzen für eine neue Welt mit neuen Technologien und fliegenden Autos wie Pino!«, kommt sie ins Grübeln.

Mattis schaut sie überrascht an. »Was ist mit dir passiert? Warum der plötzliche Meinungswechsel?«

»Eine besondere Energie umgibt uns wirklich. Das lässt sich nicht leugnen«, lächelt sie.

Eigentlich hat Mattis von Mariam eine andere Antwort erwartet. Aber er findet es gerade megacool, dass sie Außerirdische und neue Visionen ins Spiel bringt.

Mattis hakt nach: »Genau wie dieser Tesla, von dem wir von Pino auch schon gehört haben!« Mattis Gedanken überschlagen sich. »Mariam, warum sind wir die Einzigen, die darüber nachdenken? Warum ist man automatisch ein Spinner, nur weil man sich solche Gedanken macht? Man vermutet, Tesla hätte auch Kontakte zu Außerirdischen gehabt. Er soll sogar einen geheimen Eingang in die andere Welt gekannt haben.«

»So cool!« Suchen wir diesen Eingang auch!«, wirft Mariam dazwischen.

»Wir sind schon auf der richtigen Spur. Tesla war ein superschlauer Kopf. Er arbeitete damals in seinem neuen Laboratorium in New York. Während dieser Zeit reichte der fleißige Ingenieur viele Patente ein. Er wollte eine neue Welt erschaffen. und machte Erfindungen, wie man die Zivilisation vorantreiben konnte. Und was richtig cool ist: Er hat geforscht, wie man Energie und Informationen ohne Drähte übertragen kann. Er konnte ein Signal 1000 Kilometer weit versenden und behauptete, er könne mit dieser Apparatur Signale an den Mars senden. Die Idee war, die ganze Erde von einem einzigen Ort aus, mit Radio-Kanälen jeder Wellenlänge von einem einzigen großen Sender aus zu versorgen. Einige Reiche unterstützten ihn mit Geld, weil sie sich davon noch größeren Reichtum versprachen. Aber als sie erfuhren, dass Teslas Ziel war, überall auf der Welt gratis Energie zu versenden, verloren sie das Interesse, weil es ihnen nur um Geld und Macht ging. Also gaben sie ihm kein Geld mehr und Tesla musste sein Projekt aufgeben. Die Menschheit hätte vermutlich weniger Probleme, wenn man Teslas Forschungen nicht blockiert hätte!«

Mariam schaut Mattis groß an und nickt ihm zu: »Du bist ein kluges Köpfchen, Mattis! Vielleicht bist genau du der Auserwählte, der Teslas Forschungen wieder aufnehmen und vorantreiben könnte! Ein etwas komischer Kauz bist du ja auch! Die Welt braucht ja eine neue Sprache. Radikal neue Visionen und Erfindungen!« Sie lacht ihn schelmisch an.

Mattis überlegt einen kurzen Moment, nickt und meint: »Alles ist möglich. Wir Menschen haben die Fähigkeit verloren, diese Energien zu nutzen. Aber zurzeit bin ich ein ganz normaler Junge, der gerade mit einem Mädchen in Schwierigkeiten steckt.« Er guckt auf die Uhr. »Wir müssen weiter.«

Gesagt, getan. Mattis nimmt den kurzen Aufstieg zu einem Höhleneingang. Mariam folgt ihm wortlos, bis er wieder stehen bleibt. Fragend schauen sie noch mal zurück über die Steine, die so eigenartig angeordnet sind. Was haben sie wirklich zu bedeuten? Dahinter ein weiter Blick über eine felsige Landschaft.

»Ein schöner Platz für ein Picknick!«, kichert Mattis.

Das magische Dreieck

Sie gehen noch ein Stück weiter. Der Weg wird so schlecht, dass sie nur noch auf allen vieren hochkraxeln können.

Mariam seufzt: »Ziemlich anstrengend, da hochzuklettern!«

Bald erreichen sie ein Plateau. Diese klare Luft, diese atemberaubende Stille … Ehrfürchtig mustern sie die Felsformationen. Die riesigen scharfkantigen Felsen erheben sich wie eine Theaterbühne. Die bemoosten verwitterten Steine verleihen dem Ganzen einen Hauch von Magie, von Geheimnisvollem. Sie rätseln wieder, was sich an diesem Ort vor Jahrhunderten abgespielt haben könnte. Mattis kommt wieder ins Schwärmen.

»Die Götter, die diese Landschaft geschaffen haben, müssen doch einen Grund gehabt haben. Ich glaube immer mehr, dass wir Orte mit elektromagnetischen Feldern gefunden haben, die alle miteinander verbunden sind wie ein riesiger Kristall. Es könnte doch ein geheimer Code für die Außerirdischen gewesen sein.

Und auf diesem Plateau hätte ein Ufo landen können! Vielleicht wartet eine vergessene Welt auf uns. Auf der ganzen Welt gibt es alte Städte, die nach dem Sternenbild des Schwans angeordnet sind. Vielleicht haben sie geheime Codes in den alten Steinmustern hinterlassen, damit sie wieder zurückkehren können!«

Mariam schaut ihn fragend an: »Vielleicht, vielleicht! Möglich ist alles. Aber glaubst du wirklich, dass wir sind diesem Geheimnis auf der Spur sind?«

Mattis zuckt mit den Schultern und meint zaghaft: »Merkwürdig, alles ist so merkwürdig! Aber schau mal diese polierten Felsen dort oben an«, murmelt er vor sich hin.

Mariam blickt angestrengt in Richtung der polierten Felsen.

Plötzlich hüpft Mattis von einem Fuß auf den anderen. Zieht die Augen zusammen und schirmt sie ab und ruft: »Du heiliger Strohsack. Siehst du dieses Dreieck, das in den Fels gehauen ist? Da oben bei der überhängenden Felskante. Etwas links!«

Mariam stellt sich neben ihn und schaut angestrengt. »Ich sehe nichts!«

Wild fuchtelt Mattis mit den Armen und zeigt nach oben. Aber Mariam sieht kein Dreieck.

»Komm, stell dich auf meinen Platz.«

Und dann sieht sie das Dreieck auch. Aber ein Felsblock versperrt den Eingang. Sie rätseln.

»Ist das ein alter Grabstein oder Felsbrocken? Haben wir einen geheimen Eingang gefunden? Der gerade von einem Felsbrocken versperrt ist? Diente er es als Durchschlupf zu einer versunkenen Stadt? Oder einer verborgenen Welt? Aber wohin? Etwa in den Tempel der weißen Träne?« Fragen über Fragen.

»Das Geheimnis um diesen vergessenen Friedhof muss sehr viel wert sein. Aber uns hat man es anvertraut!«, denkt Mattis laut nach.

Die beiden ahnen nicht, dass sie in dem großen Land einen Eingang gefunden haben, nach dem schon viele Forscher gesucht haben. Schon die alten Gralsritter, auch Seeleute haben davon gehört und sich auf die Suche gemacht, diesen Eingang zu finden, den Eingang ins Innere der Welt. Natürlich für die meisten umsonst.

»Wir müssen zu der Stelle hochklettern! Kannst du das?«, fragt Mattis.

Mariam öffnet den Mund, klappt ihn wieder zu wie ein Fisch.

»Was? Da hinauf? Ich meine, wenn es sein muss, kann ich das schon?« Ihr Herz rast bei dem Gedanken, zu diesem Dreieck hochzuklettern. Sie spürt, wie ihre Hände zu schwitzen beginnen. Mit langsamen Atemzügen versucht sie, sich zu beruhigen und die Nerven zu behalten.

Nachdem der erste Schock überwunden ist, schieben sich die beiden mit dem Rücken an die Wand gepresst seitwärts hoch. Kurz schließt Mariam die Augen, doch dadurch fühlt sie sich noch unsicherer. Mit äußerster Vorsicht klettern die beiden hoch zu dem Dreieck! Auf allen vieren kommen sie bei dem geheimnisvollen Dreieck an. Geschafft. Das Dreieck ist mit einem Kreis verbunden. In der Mitte schaut sie ein magisches Auge an. Mattis begutachtet das Symbol voller Interesse.

»Das Auge sieht aus wie ein Horusauge aus Ägypten«, meint er verwundert.

»Ist es das Auge, um in den Himmel zu sehen?«, fragt Mariam nach.

Mattis nickt zustimmend.

Der Blick von hier oben ist großartig. Stirnrunzelnd studieren sie die Umgebung. Ihre Mienen sind ernst und sie sprechen mit gedämpfter Stimme.

»Mist! Das ist eine Sackgasse, der Steinbrocken versperrt uns den Weg«, sagt Mariam.

Mit ernster Miene begutachtet Mattis den Steinbrocken. »Ich vermute, das ist ein alter verwitterter Grabstein!« Er stampft mit dem Fuß heftig dagegen.

Überraschenderweise rumpelt es und es wirbelt Staub auf. Der Grabstein bewegt sich leicht und rollt etwas zur Seite. Und öffnet einen spaltbreit einen Durchgang.

»Unglaublich, das ist reine Magie«, staunen sie.

Mattis beugt sich vor und sucht den Eingang mit der Hand ab. Etwas Stachliges ist darin. Er nimmt vorsichtig die andere Hand dazu. Dann die Erleichterung: »Nichts Gefährliches, nur so etwas wie ein Stechpalmenzweig.«

»Das ist bestimmt der Lohn für unsere Kraxelei. Sind wir auf der Suche nach dem geheimnisvollen Kelch wieder einen Schritt weitergekommen?«

Der Tempel der weißen Träne

Der Einschnitt im Felsen hat sich zu einem schmalen Riss geöffnet. Er ist jetzt wie ein schlankes Dreieck. Gerade breit genug, dass sich ein schlanker Mensch seitlich hindurchschieben kann. Über dem Dreieck sind weitere Symbole in den Felsen gehauen. Die beiden schauen sich fragend an. Ist das Dreieck wirklich der Eingang in eine andere Welt? Ist es die magische Pforte, die nur bei der Sommersonnenwende und der Wintersonnenwende offensteht? Hat der Hüter des Lichts sie hierher gelotst? Und diese Zeichen, was bedeuten sie?

Sie wären ja nicht Mattis und Mariam, wenn sie da nicht durchschlüpfen würden. Mattis geht zuerst.

»Siehst du etwas!«

»Nein, bis jetzt nicht!«

»Ich komme auch!«

Und – schwups – hat sich Mariam durch den Spalt gezwängt. Hinter ihnen schließt sich wie von Geisterhand der Felsspalt wieder.

»Oh Gott, nein! Nun sind wir gefangen! Ein Zurück gibt es nicht mehr!«, schreit Mariam. Ihre Stimme verhallt als Echo am Felsen.

Langsam gewöhnen sich die Augen an die Dunkelheit. Mattis´ Gesichtsausdruck wirkt auch sehr zerknirscht. Er flucht innerlich, lässt sich aber nichts anmerken.

Sie stehen in einem quadratischen Raum. Ganz hinten wird eine abgewetzte spiralförmige Steintreppe sichtbar, die nach unten führt.

»Na, dann wollen wir mal diese Steintreppe hinuntersteigen!«, sagt Mattis.

»Diese Luft hier … Fürchterlich … Das ist ja zum Ersticken!«, bemerkt Mariam und presst sich das T-Shirt vor den Mund.

Vorsichtig steigen sie die Stufen hinunter. Es ist der einzige Weg, der in einen niedrigen Gang führt und dann weiter ins Unbekannte. Große Käfer und Tausendfüßler fliehen vor ihnen. Überall hängen dicke Spinnweben. Das einzige Geräusch hier unten ist ihr schwerfälliger Atem und ihre Füße, die manchmal in eine Pfütze platschten. Sie tasten sich an den Wänden entlang und beten, dass der Gang nicht in eine Sackgasse führt. Ein rutschiger Weg führt noch tiefer in die Höhle hinunter zu einem Gang, der zu einem unterirdischen Fluss führt. Tief unten rauscht das Wasser. Ringsherum liegen Steinbrocken, als hätte ein Riese achtlos seinen Sack mit Steinen verschüttet. Mariam kickt einen Stein ins Wasser.

»Ein unterirdischer Fluss muss irgendwo hinführen! Ins Freie?«, denkt Mattis laut.

Der unterirdische Fluss ist nicht tief, also waten sie durch das Nass weiter. Unerwartet steigt das Wasser an.

Ein Schrei von Mariam, dann ein Stottern: »Nein, nein, nicht schon wieder ins kalte Wasser!«

Sie werden von der Strömung erfasst, tauchen unter und werden mitgerissen. Aus dem sanften Gewässer ist ein reißender Fluss geworden. Das ist wie Hexerei. Kaum im Wasser, wird man mitgerissen. Es ist ganz schön heftig. Sie schnappen nach Luft, tauchen auf und ab.

Plötzlich werden sie auf einen Felsvorsprung geschleudert und können sich aus dem Wasser retten. Hustend spucken sie das geschluckte Wasser aus. Pudelnass und erschöpft sitzen sie auf dem Felsvorsprung im Halbdunkeln.

»Lass uns einen Moment verschnaufen!«, sagt Mattis. Von irgendwo dringt etwas Licht herein. Mariam stöhnt.

»Irgendwo in meinem vernebelten Gehirn taucht die Frage auf, wo in aller Welt wir angespült worden sind!«

»Ich habe auch keine Ahnung! An irgendeinen Platz, an irgendeinen Ort!«, stichelt Mattis.

»Witzbold!«, antwortet Mariam und verdreht die Augen.

Die Felswände glitzern feucht vor Nässe. Mattis zeigt auf ein Felsgestein, das mit viel Fantasie einen am Felsen angelegten Pfad zeigt.

»Das könnte die Möglichkeit, diesen Ort zu verlassen.«

Sie gehen weiter. Die Luft ist dumpf und kalt und die Schritte der beiden klingen hohl und laut. Zwischendurch kraxeln sie auf allen vieren auf und ab und immer weiter auf dem rutschigen Gestein. Sie müssen hier unten gefühlte zehn Kilometer zurückgelegt haben, als sich vor ihnen eine riesige Grotte auftut. Mariam und Mattis bleiben erstaunt stehen und blicken sich um. Auf der ganzen Länge des riesigen Gewölbes stehen in einer Reihe gigantische Pfeiler, die wie riesige Eiszapfen aussehen, in Wirklichkeit aber Stalagmiten sind. Sie sind begeistert von der überwältigten Schönheit und den Formen der Eisgebilde. Einige sind etwa fünfzehn Meter im Durchmesser, andere befinden sich im Stadium des Wachstums. Von einigen Eiszapfen, die von der Decke hängen, fallen in regelmäßigen Abständen Wassertropfen auf eine Säule darunter.

»Mein Gott«, murmelt Mariam und blickt auf die herabfallenden Tropfen. »Wie lange braucht eine Säule, bis sie annähend diesen Umfang von etwa fünfzehn Meter erreicht hat? Da vergehen ja Hunderte von Jahren.«

»Du hast recht, Mariam, es gibt Zeitspannen, die kaum mehr vorstellbar sind.«

Seitlich befindet sich ein ungeheurer Block, der leicht seine hundert Tonnen wiegt. Das Ding hat die Form von einer Kanzel und ist an der Außenseite von einem Muster durchzogen.

Sie kommen weiter an fantastischen Höhlengebilden vorbei. Plötzlich stehen sie in einer ungewöhnlichen Höhle voller glitzernder Türme, die von einem milchigen violetten Licht bestrahlt sind, welches aus dem Inneren des Gesteins zu kommen scheint.

»Ist das Licht von einem Laser?«, fragt Mariam erstaunt. Ein grübelnder Ausdruck erscheint auf Mattis Miene.

»Ich kann die Herkunft des Lichtes auch nicht einordnen. Aber sicher ist, dass wir in einer Tropfsteinhöhle stehen.«

»Ist das ein verwunschener Tempel? Und irgendwo ist der Gralskelch versteckt?«, spekuliert Mariam.

Als sie genauer hinsehen, können sie sehen, dass von Enden der Stalagmiten Tropfen auf den Boden fallen, die an Raubtierzähne erinnern. Andere Stalagmiten gleichen merkwürdigen Tieren. Hier wirkt alles etwas spukig. Ein flacher Wasserlauf hat sich gebildet. Die gigantische Tropfsteinhöhle lässt sie nur noch staunen.

»Unglaublich, dieser Anblick!«, begeistert sich Mariam wieder.

»Dieser Ort ist wie gemacht für die geheime Aufgabe, die vor uns liegt«, schmunzelt Mattis.

Sie blicken neugierig um sich.

»Trotzdem ein merkwürdiger Ort! Warum hat man uns hier hingelotst? Und uns wieder ins kalte Wasser abtauchen lassen?«, überlegt Mariam weiter.

Ein rutschiger Weg führt noch tiefer in die Höhle hinein. Es wird kälter. Sie ziehen den Reißverschluss ihrer Jacken zu. Das Begehen des Weges ist mühsamer als gedacht. Mit ihren Turnschuhen rutschen sie auf dem eisigen Weg aus.

»Das ist der reinste Eiskanal!«, hört man Mariam sagen und plumps ist sie hingefallen. Sie rappelt sich auf und schaut grimmig.

»Immerhin sind hier noch keine Touristen durchgetrampelt und haben vor uns den Gralskelch gefunden!«, gibt Mattis zum Besten.

Sie kommen an weiteren fantastischen Gebilden aus Eiskristallen vorbei und verlangsamen ihre Schritte. Schlagartig bleiben sie stehen und staunen. Seitlich öffnen sich kleinere Höhlen, sie wirken wie Kapellen in einer großen Kathedrale. Dieser Anblick ist einfach fantastisch. Weiter betreten sie eine Halle, die in noch helleres violettes Licht gehüllt ist. Dieses violette Licht, woher kommt es? Ein seltsamer Ort. Eine undefinierbare Macht scheint hier zu lauern. Unschlüssig blicken sie sich um. Sie wissen nicht, was sie erwartet. Die Energie in dieser Halle raubt ihnen die Luft zum Atmen. Sie spüren eine bleierne Müdigkeit, die durch ihre Glieder kriecht. Keuchend starren sie einander an. Die dünne Luft an diesem Ort macht ihnen echt zu schaffen. Ihre Schädel fühlen sich an wie weich gekocht im Schnellkochtopf.

»Jetzt kurz vor dem Ziel ja nicht schlappmachen«, mahnt Mattis.

Mariam fühlt, wie ihre Knie weich werden. Sie tastet nach einer Möglichkeit, sich hinzusetzen. Sie schlottert am ganzen Körper und klappert mit den Zähnen. Mattis setzt sich stirnrunzelnd neben Mariam. Es ist, als würde eine magische Barriere das Weiterkommen verhindern. Sie bleiben eine Weile, wo sie sind, um Kräfte zu sammeln.

Ein undefinierbares Licht kommt auf sie zu und verschwindet wieder.

»Unheimlich ist es hier. Ich fange an, an Gespenster zu glauben, die unsere Energie klauen!«, stammelt Mariam besorgt.

»Mmh, ist das die Wirkung des violetten Lichts, das unsere Kräfte raubt? Ich kann es auch nicht einordnen«, stammelt Mattis.

Für einen kurzen Moment können sie nicht mehr klar denken. Alles dreht sich um sie. Obwohl sie sitzen, haben sie das Gefühl, in einen bodenlosen Abgrund zu fallen. Was ist hier nur los? Sie schließen für einen Moment die Augen und haben dann das Gefühl, wieder in die Balance zu kommen.

Für einen weiteren seltsamen Moment haben sie das Gefühl, als ob sich die Luft verdichten würde zu flüssigem Gold. Das Positive ist: Es gibt ihnen einen Schub Energie und nimmt ihnen die Kälte aus den Gliedern. Sie drücken den Rücken durch, recken und strecken sich wie zwei Katzen, die aus dem Schlaf erwacht sind. Das benebelte Denken ist wie weggeblasen. Sie können wieder kristallklar denken. Ungläubig fährt Mattis durch sein blondes Haar und schaut Mariam schulterzuckend an.

»Was war das gerade?«

»Auch in unserer modernen Welt gibt es Rätsel!«, lächelt sie.

Ihre Augen fixieren ein menschenhohes magisches leuchtendes Dreieck, das vor ihnen erscheint. Es ist nicht fassbar, denn es besteht nur aus reinem Licht.

»Ist das die nicht fassbare magische Barriere?«, rätseln sie. Sie stehen auf, durchschreiten das magische

Dreieck und sind zutiefst beeindruckt, was sie auf der anderen Seite sehen. Ihre Blicke schwirren begeistert umher. Bizarre Felsformationen schimmern an gewissen Stellen, durchsichtig wie Glas. Voller Entzücken betrachten sie die Eisgebilde, sie sind so unglaublich schön. Die Augen der beiden strahlen in unerklärlichem Glanze. Ein Lächeln umspielt ihre Lippen.

»Haben wir ihn wirklich gefunden? Den Tempel der weißen Träne?«, stottern sie.

Sie stehen vor einem fast nicht mehr erkennbaren weißen Altar. Die Tropfen des Wassers haben ihn über all die Zeit im Eis eingefroren und mit Eiskristallen überdeckt. Sie sind sehr beeindruckt.

»Stehen wir wirklich in dem Tempel der weißen Träne? Ist es der Beweis dafür, dass hier alte Magier lebten?«, diskutieren die beiden unentwegt.

Mariam verzieht ihr Gesicht zu einem Lächeln: »Na ja, es könnte wirklich der Hinweis sein, dass sich hier geheime Welten trafen? Aber ehrlich gesagt, was nützt es uns, den Tempel der weißen Träne gefunden zu haben? Hier scheint die Welt seit zighundert Jahren stillgestanden zu sein!«

»Ich werde aus dem Ganzen auch nicht schlau! Es wirkt wirklich wie ein verwunschenes Heiligtum!«, gesteht Mattis. »Aber um das Ziel zu erreichen, müssen wir weiter, durch die Kristallhöhle. Dieser Ort ist voller ungelöster Geheimnisse!«

Der Kristallschädel

Wie von unsichtbaren Fäden sind die beiden in die Kristallhöhle gezogen worden. Sie betreten eine völlig fremdartige Welt. Die Kristalle in der Höhle täuschen nicht nur mit Farben und Schatten. Plötzlich ist es, als sängen auch die Wände. Die beiden wissen nicht: Sind das Zeichen oder will man sie narren und einschüchtern. Sie bleiben stehen, drehen sich um, doch kein Lebewesen weit und breit. Eigentlich auch logisch, denn wer kann schon in einer kalten Kristallhöhle leben? Zeit hat hier keine Bedeutung. Hier gibt es keinen Tag, keine Nacht, keine Jahreszeiten. Nur Hell und Dunkel regiert hier.

»Dieser Ort ist ja völlig verrückt!«, staunt Mariam. Der Raum ist gefüllt mit gewaltiger magischer Energie, die sich wieder unerwartet breitmacht. Mariam fährt sich mit beiden Händen durchs Haar. Ihr Haar knistert vor elektrischer Spannung. Fragend schauen sie einander an. Sie haben keinen blassen Schimmer, wo sie sind. Und dann glauben sie, ihren Augen nicht zu trauen.

»Ist dort oben in der Einbuchtung nicht ein Kristallschädel?«, ruft Mattis.

Mariam kann es nur bestätigen. Es ist wirklich ein Kristallschädel. Ein geheimnisvolles Leuchten umgibt ihn. Seine Strahlen erleuchtet den Raum. Was für eine ungeheure Kraft der Schädel besitzt! Sie spüren, dass etwas in ihren Herzen geschieht, während sie den Kristallschädel betrachten. Ein seltsames Vibrieren in ihren Herzen macht sich breit, das sich wie eine Welle im ganzen Körper ausdehnt. Die Kraft von diesem Schädel scheint sie mit neuer Lebendigkeit zu erfüllen. Er wäre nicht Mattis, wenn er dazu nicht eine Geschichte wüsste.

»Das ist ja megacool! Mariam, kennst du die Sage von dem Kristallschädel?«

Mariam zuckt mit den Schultern und sagt: »Ich habe schon davon gehört! Sagenhafte Kräfte sollen von ihm ausgehen. Die Herkunft ist mysteriös und ungeklärt. Ich glaube, ein Mädchen hat in den Maya Ruinen einen Kristallschädel gefunden, der im Britischen Museum zu bewundern ist. Aber so genau weiß ich die Geschichte nicht!«

Mattis kommt wieder einmal ins Schwärmen. Das macht ihn auch so sympathisch, dass er sich so begeistern kann.

»Das habe ich auch so gehört. Es wird aber noch weiter erzählt, dass, bevor Atlantis zerstört wurde, mutige

Priester zwölf Kristallschädel von ihren Plätzen in ihren Tempel weggenommen haben, um sie an einem sicheren Ort zu verstecken. Der dreizehnte Schädel, heißt es, wurde entmaterialisiert, ihm also die Kraftenergie weggenommen. Dieser Schädel enthält die gesamte Weisheit der zwölf anderen Schädel. Ihr allumfassendes Wissen sollen die Priester von Sternenwesen bekommen haben. Erst wenn die Menschheit für das geheime Wissen bereit ist, werden die Kristallschädel ihr Geheimnis preisgeben. Dazu müssten alle dreizehn wieder gefunden und zusammengefügt werden. Mariam, stell dir vor: Die dreizehn Schädel waren wie fortgeschrittene Computer, die Unmengen von Daten enthielten. Jeder von ihnen enthielt das gesamte Wissen über die Geheimnisse des Lebens. Und der dreizehnte war die Krönung von allem. Damit die Informationen einst den Menschen zur Verfügung stehen können, wenn sie weise genug geworden sind, wurden die Schädel mit Wissen gespeichert. Jeder ist geprägt mit dem Wissen von einem großen Meister. Die Menschheit muss sich zuerst ändern, bevor sie von dem Wissen profitieren kann. Aus dem Blickwinkel der Meister müssen die Menschen eine Stufe höher kommen, um die Erde umzupolen.«

Mariam lächelt Mattis begeistert zu. »Mattis, es ist ja schon unglaublich, dass ausgerechnet wir einen Kristallschädel finden. Was denkst du? Ist es der dreizehnte? Den Schädel werden wir nicht mitnehmen können. Aber wenn er uns mit seiner Energie beschenkt, ist das ja wie ein Sonnenstrahl, der uns den Weg bahnt durch das Labyrinth der Erde.«

Mattis schaut sie an und antwortet: »Vielleicht ist es der dreizehnte! Wenn seine Kraft wie ein mächtiger Zauber wirkt, können wir den Menschen auf der Welt gute Träume schicken. Damit sie sich mit dieser Kraft eine goldene Leiter bauen können, um in die unsichtbare Welt aufzusteigen.«

»Wow, das hast du ja richtig philosophisch gesagt. Gute Träume für die Welt! Das finde ich richtig schön! Dann können Träume Wirklichkeit werden!«, lobt ihn Mariam.

Natürlich würden sie den Schädel gerne berühren. Doch er ist so hoch in einem eisigen Felsen, dass es unmöglich ist, zu ihm hochzuklettern.

»Es muss uns genügen, einen Kristallschädel gefunden zu haben. Vermutlich hat es einen Sinn, dass man ihn nicht forttragen kann«, glaubt Mariam.

»Das wird schon so sein! Werfen wir noch einen letzten Blick auf ihn. Dann müssen wir weiter!«

Das sind Augenblicke voller Magie. Unvergessliche Momente im Leben. Sie fühlen sich beschwingt und federleicht, als sie ihren Weg durch das Labyrinth fortsetzen.

»Wir werden in die fünfte Dimension eintreten. Jenseits von Raum und Zeit. Jenseits von Wirklichkeit und Traum!«, jubelt Mattis ganz übermütig.

»Ich bin ja auch gespannt, wie es weitergeht! Wäre ich in einem Film, könnte ich mir nicht vorstellen, wie die Fortsetzung sein könnte«, meint Mariam.

Von nun an geschehen weiter seltsame Dinge. In der fünften Dimension sind sie in einem erhöhten Bewusstseinszustand. Die Tore zu den Herzen der Menschen werden dann wieder geöffnet.

Der Kapuzenmann

Mit der Energie des Kristallschädels fühlen sie sich furchtlos. Plötzlich fällt ihr Blick auf eine riesige Gestalt, umhüllt von einem schwarzen Kapuzenmantel, die Kapuze tief ins Gesicht gezogen. Sie wirkt erhaben und trotzdem furchteinflößend.

»Wer ist das? Ich glaube, der ist nicht echt!«, rätselt Mariam.

»Wieso glaubst du, dass er nicht echt ist?«

»Einfach so!«

Der Blick von Mattis haftet an der rätselhaften Gestalt. Keinen Augenblick lässt er sie aus den Augen. Er versucht etwas von deren Gesicht zu erhaschen. Doch die Kapuze verdeckt den ganzen Kopf. Mattis bemüht sich, ruhig zu bleiben, obwohl ihm die Gestalt auch nicht ganz geheuer ist.

Mit einem Seitenblick auf Mariam murmelt er: »Einfach so! Das ist keine Antwort.«

Mariam schaut ihn mit blitzenden Augen an und schnauzt zurück: »Ich gebe dir die Antwort, Mister Superschlau. An diesem Ort kann kein lebendiger

Mensch wohnen! Das ist doch wie in einer Geistergeschichte. Da treten Gestalten auf und verschwinden wieder! Oder etwa nicht?«

Mattis gibt Mariam recht. Etwas unbehaglich beginnen sich beide trotzdem zu fühlen. Der Kapuzenmann beachtet sie aber gar nicht. Er scheint mit anderen Gedanken beschäftigt zu sein. Also doch kein Grund zur Beunruhigung.

»Ein Geist in einem Mantel! Was hat das zu bedeuten?«, flüstert Mariam.

Mattis grinst etwas nervös und meint: »Ich möchte ihm am liebsten einen Schubs geben!«

»Bitte, ich hindere dich nicht daran!«, murmelt Mariam beim Beobachten.

Unentwegt starrt der Komische nach unten. Ein Abgrund tut sich auf. Die beiden schauen sich an und sind sich einig: Mit dieser Person möchten sie doch lieber nichts zu tun haben.

»Wir sprechen ihn lieber nicht an!«, meint Mattis.

»Ich mache mich unsichtbar wie eine Kirchenmaus!«, nuschelt Mariam.

Während sie sich weiter unterhalten, stellen sie fest, dass von ihm wirklich keine Gefahr ausgeht! Er übt auf sie eine magische Anziehung aus. Es gelingt auch nicht, ihn nicht zu beachten.

»Gut, dass die Alte uns einen magischen Mantel umgehängt hat!«, meint Mattis. Mariam nickt zustimmend. »Soll ich den Mann ohne Gesicht doch ansprechen? Ich werde einfach nicht schlau, was das Ganze soll!«

Mariam ermutigt Mattis, es zu tun.

»Hören Sie mal, Mann ohne Gesicht, wir möchten Sie etwas fragen! Was machen Sie da?«, ruft Mattis und seine Stimme klingt angestrengt.

Der Angesprochenen in seinem Kapuzenmantel hat den Ruf wohl gehört.

»Ich bin euertwillen da!«, tönt es einsilbig und er zeigt wortlos in den Abgrund.

Sie kommen ein paar Schritte näher. Es drängt sie, auch in den Abgrund zu schauen. Sie beugen sich vor, um einen Blick nach unten zu werfen. Es ist, als blicken sie in eine brodelnde und dampfende Nebelsuppe. Dampf steigt auf. Sie kneifen die Augen zusammen und spähen angestrengt durch den Rauch. Sie denken, ein Flüstern aus dem Nebel zu hören. Zu sehen ist sonst nichts.

»Was hat das zu bedeuten?«, fragt Mariam.

Mattis zuckt mit den Schultern. »Ich weiß es auch nicht! Doch ich glaube, man will uns etwas Wichtiges mitteilen.«

Mariam holt tief Luft und ruft: »Du flüsternde Stimme aus der Nebelsuppe mit deinen Geheimnissen, sprich mit uns, aber so, dass wir es auch verstehen können. Diese Geheimniskrämerei ist langsam ätzend.«

Sie richten den Blick fragend auf den Kapuzenmann. Er steht unbeweglich da und starrt in den Abgrund.

»Warum trägst du überhaupt einen solchen Mantel und zeigst dein Gesicht nicht?«, ruft Mariam dem Kapuzenmann zu.

Er schweigt weiter. Nach einer Weile bewegt sich der Mann ohne Gesicht wortlos davon. Er scheint wirklich körperlos zu sein. Es ist, als bewege sich nur der Mantel davon. Die beiden sind echt verblüfft.

»Also doch ein Geist in einem Kapuzenmantel! Vielleicht war es seine Stimme, die uns zugeflüstert hat. Früher hätte mich so eine Begegnung geschockt. Heute nehme ich es cool!«, meint Mariam stolz.

Mattis schmunzelt. »Keine Ahnung, was das gerade hätte sein sollen. Vielleicht waren das Geistergeräusche, welche dieser Ort aufgenommen hat!«

Mariam schaut Mattis an und verdreht die Augen. Nochmals wagen sie einen Blick in den Abgrund. Alles scheint sich verändert zu haben. Der Nebel ist weg. Sie schauen auf einen ruhigen klaren Wasserspiegel. Er wirkt wie ein echter Spiegel! Ein Seelenspiegel! Gesichter tauchen auf und verschwinden wieder.

»Ist das eine Fata Morgana?«, fragt Mariam.

Mattis nickt. »Es scheint so!«

Die Welt um sie herum fühlt sich unwirklich an. Plötzlich entdecken sie im Wasserspiegel ihre eigenen Gesichter und viele mehr. Schöne und weniger schöne. Der Seelenspiegel verbindet die sichtbare und unsichtbare Welt. Mattis verzieht den Mund.

»Bääh!« Angewidert von seinem Spiegelbild streckt Mattis die Zunge raus. Fürchterlich! »Soll ich das sein? Nein, das bin ich nicht!«, sagt er und fühlt er sich hundeelend.

Mariam schaut auch interessiert das Spiegelbild von Mattis an.

»Der Spiegel kann nichts dafür. Spiegel lügen nie. Er gibt nur wieder, was ihm vorgesetzt wird. Und dieses zurückgeworfene Bild bist du!«, kichert sie.

»Und was ist mit dir?«, meint Mattis spitz und tritt etwas zur Seite. Nun spiegelt sich Mariams Seelenbild! Sie kichert wieder. Alles wirkt verzerrt, unwirklich, aber lustig. »Die schönste Fee bist du auch nicht. An deiner Perfektion musst du auch noch arbeiten!«, spöttelt Mattis.

Mariam will sich gerade vom Blick in den Abgrund abwenden, als der Kapuzenmann herumwirbelte und sie direkt anzuschauen scheint. Dieser Blick haut sie fast um. Es ist, als würden sich ihre Blicke für einen kurzen Augenblick treffen, sie spürt, wie sich die Härchen auf ihren Unterarmen aufstellen. Und ein kalter Windhauch über ihren Nacken streicht.

Jedenfalls erschrecken beide gewaltig. Der Kapuzenmann spiegelt sich im Abgrund. Er ist da und doch nicht da. Im Spiegelwasser beobachten sie ihn. Ist das Einbildung, ist das echt? Sie wissen es nicht.

Da geschieht etwas Unglaubliches. Er breitet seinen Mantel aus. Die beiden Beobachter werden hineingezogen und umhüllt von reinem Licht, reiner Energie. Wie in einem Film sehen sie, dass auch andere Menschseelen in dieses reine Licht wollen. Doch es ist ihnen nicht möglich. Sie würden es nicht aushalten können. Da spricht der Kapuzenmann unerwartet Mattis und Mariam an.

»Ich habe euch zu mir gerufen!«

»Warum hast du uns ausgewählt?«, fragt Mattis.

»Das ist einfach, ihr habt ein reines Energiefeld. Das spüre und sehen ich und kann euch aus der Masse von Menschen herauskristallisieren. Ich muss verdeckt arbeiten. Wir erreichen euch nur durch die Träume und das Unterbewusstsein. Jetzt zeige ich euch Bilder, die mit euch zu tun haben. Sie zeigen die dunklen und die lichten Seiten eures Charakters. Das, was ihr getan habt. Das Gute und das Schlechte fällt hier auf euch zurück. Niemand ist ohne Fehler, auch ihr beiden nicht. Die ganze Welt befindet sich in einer spirituellen Krise.«

»Was heißt das?«, fragt Mariam.

»Die unsichtbaren Helfer geben ihr Wissen nicht mehr an die Menschen weiter!«

Mattis meldet sich dazwischen: »Das verstehe ich nicht! Es gab doch noch nie eine Zeit, wo so viel Neues auf der Welt stattgefunden hat wie in dieser Zeit! Aus welchen Quellen die Menschen ihr Wissen beziehen, weiß ich nicht! Jeder, der eine neue Idee hat, denkt natürlich, die Idee komme von ihm selbst.« Mattis lauert gespannt auf eine Antwort.

»Ihr Menschen lasst euch von den Mächtigen an der Nase herumführen. Sie wollen euch kontrollieren, manipulieren. Wie in einem Puppenspiel tanzt ihr an ihren Fäden. Die Menschen wissen nicht, was die Folgen der neuen Errungenschaften sind. Alles hat eine positive und negative Seite. Ihr liebt euer Handy, eure Computerwelt. Die meisten sind schon richtig süchtig danach. Doch die Energien, die sie speisen, sind wie gefährliche Spinnennetze. Die finsteren Mächte versuchen über die ganze Welt ein dunkles Netz zu legen, damit die Menschen von der unendlichen Weisheit abgeschnitten werden. Die unsichtbare Welt kann sich den Menschen nicht mehr mitteilen. Ihr werdet Roboter dunkler Mächte, die euch rund um die Uhr überwachen. Die Diebe, die euch die Kraft der Seele stehlen, sind schlimmer als die Diebe auf der Erde, die euch berauben. Lasst euch durch keine Wunder blenden, welche sie scheinbar für euch tun.«

Hmm, die beiden denken nach. Als Mattis wieder Worte findet, fragt er den Kapuzenmann: »Hast du auch ein Handy?«

»Nein, natürlich nicht. Das brauche ich nicht. Was ich wissen und sehen muss, kann ich in der Geistigen Welt lesen. Ich kann eure Gedanken lesen. Für mich gibt es keine Geheimnisse!«

»Das hört sich ja megacool an. Aber wir sind Erdenmenschen und keine Geister. Wir können uns der Computerwelt nicht mehr entziehen! Ehrlich gesagt, liebe ich mein Handy auch ein bisschen!«, gesteht Mariam.

Sie haben das Gefühl, dass der Mantel des Kapuzenmanns um sie weht. Es fühlt sich sehr angenehm an, so richtig geborgen zu sein. Dann hören sie wieder die Worte, die aus dem dunklen Mantel sprechen.

»Wisst, diese wunderbaren Kräfte, die ihr besitzt, in unser Reich vorzudringen, sind eure eigenen. Vertraut auf eure eigenen Kräfte! Nicht umsonst seid ihr diesen Weg gegangen. Ich habe euch einfach gesagt, dass alles zwei Seiten hat. Werdet wenigsten nicht zu Sklaven dieser digitalen Welt! Lernt, über den Tellerrand hinauszusehen. Und vergesst nicht die Göttliche Welt. Schon kleine Kinder wissen, was gut und böse ist. Bei den Erwachsenen hat man leider oft das Gefühl, sie haben ein Herz aus Stein. Wir brauchen euch Kristallkinder. Nur Lichtmenschen können das dunkle Netz zerreißen. Damit das himmlische Licht immer auf die Erde fällt. Ihr seid die Zukunft der Welt, weil ihr in die Gemeinschaft der Magier, der Auserwählten gehört.«

Dann löst sich das Spiegelbild auf. Sie schauen in einen schwarzen Abgrund. Ohne Farben, nur Schwärze. Sie taumeln ein wenig. Mariam bemerkt, dass ihr Herz wild schlägt, was sie sich gar nicht erklären kann. Mattis steht mit gerunzelter Stirn da und schnappt nach Luft.

»Ich glaube, das war eine Warnung! So habe ich das noch gar nicht gesehen«, meint er.

»Das Bild mit dem schwarzen Spinnennetz, das sich über die Welt spannt, ist mir echt eingefahren. Wenn ich ehrlich bin, sind wir Jungen schon sehr handysüchtig«, gesteht Mariam.

»Wir müssen uns schon anstrengen, keine Hampelmänner zu werden. Die Verantwortung für uns selbst zu übernehmen. Denn jeder Mensch ist einzigartig. Das habe ich verstanden«, meint Mattis.

»Ich hätte so gern sein Gesicht gesehen! Aber diese Augen sind mir schon richtig eingefahren! Vielleicht hätte mich sein Anblick umgehauen!«, spekuliert Mariam.

Ein weiterer Schritt auf eine neue Stufe der Weisheit ist in greifbarer Nähe. Es ist eine Weisheit, die man nicht in der Schule lernen kann. Es ist die Weisheit der Sprache des Herzens.

Ein Riese

Sie schreiten durch die Tropfsteinhöhle weiter. Solche Höhlen brauchen mehrere Tausend Jahre. Dann geschieht etwas Unvorhergesehenes. Sie bemerken ein grünes Licht, das etwas unheimlich wirkt. Während sie darauf zugehen, wird es plötzlich heller und dann stehen sie in einer großen Höhle.

»Befinden wir uns ein einem Zentrum der Macht?«, flüstern sie erstaunt.

Da steht ein kräftiger Riese mit vollem langem wallendem Haar und einem sehr gepflegten Vollbart. Seine körperliche Größe übertrifft bei Weitem die Normalgröße eines Mannes. Er wirkt mächtig, aber freundlich. Da er offenbar schon etwas in die Jahre gekommen ist, zieren viele Silberfäden sein Haar. Er hat ein ansehnliches Gesicht und strahlt Güte und Weisheit aus.

Der Riese legt die Stirn in Falten und wiegt nachdenklich den mächtigen Schädel. Aus dem Augenwinkel beobachtet er Mariam und Mattis, lässt sich aber nichts anmerken. Die Anwesenheit der beiden Beobachter scheint ihn nicht zu stören. Riesen mögen Menschen, die nach höherem Streben. Die sich anstrengen und bemühen, die himmlischen Werke zu verstehen. Und bemüht sind, am großen Bau der Erde in guter Absicht mitzuwirken. Ein eigentümlicher Klang, kaum wahrnehmbar, liegt in der Luft.

Vor ihm steht ein mächtiger goldener menschengroßer Topf. Menschen kommen. Er packt sie wie ein Spielzeug und taucht sie in den goldenen Topf. Nach einer Weile zieht er sie wieder aus dem Topf. Jede Person, die wieder aus dem Topf kommt, strahlt in einer anderen Farbe, von strahlend schön bis dunkelgrau und hässlich. Das ist die Aura, die Ausstrahlung, die jeder Mensch hat. Jedes Ding, Mensch, Tier und Pflanze umgibt ein unsichtbares Licht. Den Personen wird der Weg zugewiesen, welchen sie nehmen müssen. Die einen gehen nach links oder nach rechts und nur ganz wenige dürfen den Weg nehmen, der hinter dem Riesen durchgeht. Alle diese Menschen versuchten, in das Reich hinter dem Riesen einzutreten. Denn das ist der Königsweg, den eigentlich alle gehen möchten.

Viele nahmen Drogen, andere versuchten dem Riesen etwas vorzulügen und mit allen Tricks, ihn zu überlisten. Deshalb wird jeder in dem Topf gebadet, denn nun kann jeder selbst erkennen, wie es um ihn steht. Natürlich kommt keiner an dem Riesen vorbei, der kein strahlendes Herz hat. Belügen können sich die Menschen selbst, aber nicht den Riesen.

Alle Herzen waren einst strahlend. Ein erloschenes Herz bekommt man mit der Zeit, zugefügt durch das Leben auf der Welt. Dann hat man den falschen Weg gewählt. Hier beim Riesen besteht die Möglichkeit, in Zukunft seine Fehler durch gute Taten zu korrigieren. Darum ist es wichtig, gute und richtige Gedanken zu haben. Ein jeder Mensch schafft sich seine geistige Umgebung. Bei vielen sieht es wahrhaftig nicht schön aus. Durch jeden guten Gedanken der Güte, der Herzlichkeit wird ein unguter Mensch besser.

Erdenwelt Sternenwelt

Die beiden fühlen sich wie Schatzsucher in einem unbekannten Land und rätseln, was sie noch alles erleben werden. Doch je länger sie gehen, umso glücklicher und zufriedener fühlen sie sich. Die Begegnung mit dem Kristallschädel hat ihr ganzes Wesen verändert. Sie sind durch das schwarze Loch, das alles verwandelt. Ihnen ist leicht ums Herz. So leicht, dass sie denken, jeden Augenblick abzuheben und davonzufliegen wie ein Vogel.

Sie erinnern sich an die Worte des Dschinni: »Der richtige Weg zum Avatar wird euch des Himmels Herz öffnen. Ein Avatar sorgt für Harmonie. Ein Avatar wir immer wieder geboren, um die Welt zu retten.«

Mattis fixiert eine Stelle in der Luft und stellt sich vor, wie sich die Magie den Weg bahnt.

Der Pfad der langen Suche ist noch nicht beendet. Es ist, als halte die Welt den Atem an und würde durch ein Loch im Himmel gezogen. Die ganze Welt und mehr kommt durch die Ewigkeit auf sie zugerast. Um sie herum haben sich Lichtpflanzen gebildet. Voller

Entzücken schauen sie den Blumen und Pflanzen zu, wie sie in schönsten Farben gen Himmel wachsen. Leuchtend schön sind sie, wie angewurzelte Feldblumen. Mariam und Mattis schauen dem Geschehen zu. Ein schimmerndes Gebilde aus durchsichtigen Farben legt sich um ihre Körper wie ein neues Kleid. Im nächsten Augenblick wirbeln Farben um sie herum wie ein Brummkreisel. Die magischen Wirbel lassen die Farben wie im Wind tanzen.

»Das ist echt stimmungsvoll! Mariam, du siehst toll aus, wie eine Ballkönigin!«, nuschelt Mattis.

Mariam lächelt. »Danke, du siehst auch aus wie ein Prinz, von dem alle Mädchen träumen. Ist das Magie? Was bedeutet es? Werden wir in wenigen Minuten im Universum verschwinden?«, rätselt Mariam.

Sehen können sie außer den Farben nichts. Aus den Farben bilden sich immer neue Formen, wie es die Wolken am Himmel oft tun. Es glitzert in der Luft. Sie vernehmen ein Rauschen. Und es weht ein sanfter Windhauch wie von einem Flügelschlag. Ist da ein geflügeltes Wesen? Die Umrisse erinnern sie an etwas, aber an was? Sie glauben, ihre Namen zu hören, und doch ist es ganz still. Merkwürdig still! Nicht dass sie Angst bekämen, sie sind ja Kristallkinder mit dem Schutz des Kristallschädels. Und doch sind sie immer wieder überrascht, was für Türen sich in dieser geheimnisvollen Welt immer wieder auftun. Es ist, als würden zwei Augen sie beobachten. Und wieder haben sie das Gefühl, als hörten sie jemanden ihre Namen rufen. Von oben, von unten, von rechts, von links, von hinten von vorn. Sie erschrecken schon ein bisschen.

»Wer ruft uns?«, fragen die Eindringlinge leise und schauen angespannt um sich. Doch sie erhalten keine Antwort. Die Luft wird irgendwie durchsichtig! Lichter tanzen am Himmel. Es atmet sich erstaunlich leicht! Der Farbennebel lichtet sich. Als hätte jemand einen himmlischen Scheinwerfer eingeschaltet. Jedes Licht hat seine Zeit und seinen Sinn. Man muss auf sie achten, um im goldenen Licht aufzugehen.

Über ihnen erhebt sich ein gewaltiger durchsichtiger Kristalldom wie aus Seifenblasen. Er scheint in ferne Welten zu gehören. Die Umgebung verändert sich. Violettes wunderbares Licht erstrahlt plötzlich über ihnen, das glitzert. Verschiedene Violetttöne wandeln alle Schatten um. Andächtig schauen sie dem Farbenspiel zu. Ein Knistern liegt in der Luft. In Mariams dunklem Haar knistern Funken wie Sprühnebel. Ihre Augen können sich gar nicht sattsehen an diesem herrlichen Anblick. Etwas Lichtvolles verbreitet sich weiter. Dieses Licht erfasst die Staunenden und durchflutet sie. Da stehen sie und können es kaum fassen, was gerade geschieht. Der Anblick lässt einen glatt vergessen, dass es draußen noch eine andere Welt gibt. Dann wird das Licht golden. Eine Weile schauen sie sich einfach nur um.

»Bin ich im Himmel? Im Paradies?«, stottert Mariam.

Völlig überraschend sehen sie die beiden Drachen wieder. Wunderschön sind sie anzuschauen, mit glitzernden Schuppen, die wie kleine Diamanten funkeln. Die Energie der Drachen ist spürbar. Sie bringen den Kristallkindern magische Kraft.

»Machen wir eine Reise ins Licht! Ihr sucht doch nach dem magischen Kelch. Wir bringen euch zum Wächter des Wissens!«, machen die Drachen den Vorschlag.

Wer könnte so ein Angebot schon ausschlagen. Es scheint, dass sie die Erdenwelt verlassen und sich der Sternenwelt nähern. Es ist, als schlüpften sie in eine Geistgestalt. Hier ist es strahlend hell, weder Tag noch Nacht. Wie im Himmel, einfach nur hell leuchtend.

Und dann ist ihnen, als fielen sie in die Tiefe oder würden nach oben gezogen. Die Schwerkraft existiert nicht mehr. Sie fühlen sich nicht wie im Fallen, sondern im Fliegen. Ein Sog erfasst sie, hin zu etwas Glitzerndem.

Der Schleier des Verborgenen wird noch mehr weggezogen. So licht und leicht, so froh und frei haben sich die zwei noch nie gefühlt. Plötzlich können sie mit dem inneren Auge, dem Himmelsauge, sehen, was die meisten Menschen nicht können. Überirdische

Farben weben und schweben noch heller, noch schöner um sie. Sie stehen im Licht, alles an ihnen wird zu diesem Licht. Sie haben das Tor zu den Sternen geöffnet.

Sternenpalast

Zweifellos ist das alles unglaublich interessant. Sie erblicken in der Ferne einen Sternenpalast, der voller himmlischer Lichtwesen ist. Es ist ein Ort, an dem zahlreiche unsichtbare Augen und Ohren lauschen. Hier funkelt alles im Licht. Er ist das Wunder aller Wunder, umgeben von unzähligen Perlenschnüren und goldenen Sternchen. Mit offenem Mund staunen sie über die Schönheit, die wie ein Schauspiel ist. Der Palast strahlt und funkelt aus reinem Licht. Das Licht wird heller und heller, sodass die Erdenkinder gezwungen werden, die Augen mit den Händen zu bedecken.

»Wo sind wir hier?«, fragt Mariam.

Unerwartet macht sich wieder eine gewaltige Energie breit. Alles ist anders als das, was sie bis jetzt erlebt und gespürt haben. Mariam fährt sich mit beiden Händen durchs Haar. Ihr Haar knistert vor Energie. Es scheint, als stünde diese unglaubliche Kraft ihnen zur Verfügung. Völlig fasziniert beobachten sie das gigantische Spiel der Farben, wie sie ineinanderfließen. Die Drachen landen.

»Hier könnt ihr absteigen. Wir holen euch später wieder ab.«

Sie steigen von den Rücken der Drachen. Die beiden legen sich hin und scheinen sich eine Ruhepause zu gönnen. Die Jugendlichen spüren wieder den Boden unter ihren Füßen.

Etwa zehn Schritte vor ihnen entfernt formiert sich eine Lichtkugel. Eine Person kristallisiert sich heraus, seine Robe ist bläulich, sein Haar silberweiß. Der Mann dreht den Kopf und zeigt sein Gesicht. Sein Gesicht leuchtet sternenhaft. Er hat unglaublich schöne Augen, das fällt als erstes auf. Schritt um Schritt kommt er näher. Der Weise blickt die beiden voller Liebe und Güte an. Licht strahlt aus seinen Augen.

»Er sieht aus wie der Dschinni!«, haucht Mariam Mattis zu.

Mattis nickt und hört sein Herz heftig schlagen.

Der Unbekannte strahlt auch eine unglaubliche Herzlichkeit aus. In ihm ist keine Dunkelheit. Die Erstaunten werden von ihm angesprochen. Seine Stimme klingt hohl und klanglos. Es hört sich an, als hätte er seit hundert Jahren nicht mehr gesprochen.

»Ich bin hier der Wächter! Eine Legende. Der Tod hat keine Macht über mich. Krankheit kann mir nichts anhaben. Ich bin der Hüter des alten Wissens! Der Hüter des Lichts. Ich habe euch erwartet. Seit vielen Monden, habe ich euch in den Träumen gesehen. Was kann ich für euch tun?«

»Wir sind auf Pilgerreise und suchen den Kelch des Heiligen Grals!«, stottert Mattis.

Mariam schubst ihn an, schüttelt den Kopf und murmelt noch leiser: »Auf Pilgerreise, so dämlich! Wir sind doch nicht auf Pilgerreise. Wir sind auf geheimer Mission! Auf der Suche nach dem Gralskelch!«

Mattis schaut sie etwas ärgerlich an und flüstert: »So dumm ist es auch nicht. Das ganze Leben ist doch eine Reise. Wir sind ja auf der Suche nach dem Kelch aus der magischen Welt!«

»So gesehen magst du ja recht haben!«

Der Wächter hat sie bei ihrer kleinen Meinungsverschiedenheit beobachtet. Ein Lächeln umspielt seine Mundwinkel. Ihre Gesichter sind für ihn wie ein offenes Buch, in dem man lesen kann. Mattis richtet seine Aufmerksamkeit wieder auf den Blaugekleideten. Seine silberweißen Haare umranden sein edles Gesicht. Wie glänzende Silberfäden hängen sie auf seiner Schulter.

»Es ist schon lange her, dass ich Hoffnung hatte, dass mein Reich gefunden wird. Ihr habt es gefunden, das Land voller Magie und Wunder.«

»Bist du denn nicht gestorben und liegst im Tempel der weißen Träne?«, fragt Mattis interessiert.

»Dort liegt nur mein einstiger Körper. Mein Geist, meine Seele leben ewig. Immer war ich ein Wanderer zwischen zwei Welten und die Erde nur eine Station. Das kennt ihr von dem Dschinni. Er hat euch alles erklärt. Er ist mein Freund, jeder ist ein Rädchen im großen Kosmos. Meine Aufgabe ist es, Kristalle zu hüten, die durchsichtigen Steine, in denen die Menschen ihre nächtlichen Träume zurücklassen. Wenn der Tag sich in der Nacht ausruht und die Sterne am Himmel leuchten. Einst träumten die Menschen die schönen Träume von Gesängen, von Freude und Harmonie, in denen alles Glanz und Lichter spiegelte. Die ganze Erde konnte sich von den schönen Träumen ernähren. Das alles war wunderschön. Bis die Menschen sich änderten, zu lügen und zu streiten anfingen. Und sich der Himmel verdunkelte. Bis heute hängt ein dämmriger Schleier im Universum. Ein endloser Krieg tobt in den Herzen der Menschen, sich selbst zu vernichten. Auch das hat euch der Dschinni aber bereits erklärt! Wir waren gezwungen, die Träume der Menschen zu verstecken. Doch dadurch vergaßen die Menschen die Welt von Freude, Harmonie und Frieden. Nur alle paar Hundert Jahre finden Menschen den Weg in den Tempel der weißen Träne. Dann, wenn es die Situation notwendig macht. Nur wenn es wirklich wichtig ist und jemand den Tempel der weißen Träne findet, zeige ich mich in der Lichtkugel.

Ohne unser Wissen läge die Welt von euch Menschen im Dunklen. Im Tempel der weißen Träne sammeln sich die Tränen der Menschen. Hier treffen sich Freud und Leid, Tränen der Freude und die Tränen des Kummers, aber das wisst ihr ja schon. Doch jede Träne strahlt in unserem Licht. Den Tränenbaum habt ihr ja gesehen. Die Tränen des Kummers verwandeln sich in lichtvolle Gebilde. So wurde keine Träne umsonst geweint. Mariam und Mattis, ihr seid also gekommen, um die Welt zu säubern.«

Die beiden reißen erstaunt die Augen auf und stottern: »Wir? Die Welt säubern? Wie soll das gehen?«

»Ich weiß, ihr seid Kristallkinder! Der Hohepriester hat euch erlaubt, den Tempel der weißen Träne zu finden und den Kristallschädel anzuschauen. Das kommt selten vor.«

Die beiden schlucken. Mariam flüstert: »Mattis hast du einen Hohepriester gesehen?«

Er verneint. »Oder war vielleicht der Alte mit den vier Bäumen ein Hohepriester? Oder der Dschinni!«

»Das könnte schon sein, dass es der Alte war! Der Dschinni denke ich eher nicht!«, meint Mariam. Ihre Aufmerksamkeit richtet sich wieder auf den blaugekleideten Wächter.

»Ihr habt mich aus meiner inneren Ruhe herausgeholt, als ihr durch den Tempel der weißen Träne gegangen seid.«

»Ist das schlimm?«, fragt Mariam.

Der Blaugekleidete lächelt. »Nein, ich habe euch ja erwartet. Kommt, stellt euch zu mir, damit ihr besser verstehen könnt, was ich gesagt habe. Es gibt noch weitere Wesen, die auf euch gewartet haben.«

Die beiden werfen sich gegenseitig einen erstaunten Blick zu und stellen sich neben den Hüter. Mariam steht zur rechten und Mattis zur linken Seite.

Die Göttin

»An diesem Tag geschehen wirklich außergewöhnliche Dinge. Schon dieser Goldglanz ist zauberhaft«, murmelt Mariam.

Eine rosarote Wolke sinkt hernieder. Am Himmel und aus weiter Ferne erklingt leise Musik. Ein wunderbares Licht glänzt von weither, von oben alles durchdringend. Fasziniert erblicken sie eine schimmernde Kugel, die über ihren Köpfen schwebt. Aus der strahlenden, leuchtenden Kugel kristallisiert sich eine wunderbare Blume mit goldenem Strahlenkranz heraus. Wundersame Klänge ertönen. Ein himmlisches Rauschen weht durch die Lüfte.

Plötzlich hören sie das liebliche Lachen eines Mädchens. Blonde lange Locken hängen ihr bis auf die Schultern. Die Stirn schmückt ein goldener Reif. Eine funkelnde Krone, besetzt mit Edelsteinen, die leuchtet wie die Sonne, ziert ihren Kopf.

»Wow, die ist aber schön!«, stottert Mattis fasziniert. Er kann seinen Blick gar nicht mehr von dem Mädchen abwenden.

»Hey du, ich bin auch noch da!«, schubst Mariam ihn etwas eifersüchtig an.

Er lächelt ihr nur zu und wendet den Blick wieder dem Mädchen zu.

Der Stern der Liebe scheint herab. Sein Licht verfängt sich in der Krone des Mädchens. Da flammt die Krone auf in tausend wunderbaren Farben, die schöner sind als alle Farben der Erde. Beide müssen die Augen schließen. So sehr blendet die Krone. Blinzelnd schauen sie, wie das Mädchen die Krone abnimmt und sanft hineinbläst. Die beiden Zuschauer glauben, es seinen Seifenblasen, die aus dem Nichts erscheinen. Sie fühlen die Schwere ihres Körpers nicht mehr. Sie tasten mit den Händen umher und werden sich bewusst, dass sie schweben. Es ist wunderbar, dieses Gefühl von Losgelöstsein zu erleben. Ihre Herzen quellen vor Dankbarkeit über. Das strahlende Wesen hat eine ungewöhnlich singende Stimme.

»Ich bin das Weltenkind!«, hören sie das Mädchen mit ihrer vogelzarten Stimme sagen. Überall um sie herum entstehen Unmengen solcher wunderbaren Lichtkugeln. Große und kleine, goldene, silberne, rubinrote, türkisblaue, smaragdgrüne und viele andere in allen Regenbogenfarben. Dann setzt das Mädchen die Krone wieder auf und lacht: »Ich habe die Welt begrüßt, die Sterne, die Sonne und den Mond, euch Menschenkinder, die Natur und alles, was lebt auf der

Erde. Meine Krone ist die Krone der Unsterblichkeit. Geht weiter zu meiner Mutter und bringt die Magie des Kelchs auf die Erde zurück! Dann werden meine Lichtkugeln für die Welt noch viel heller und schöner leuchten.« Und dann tanzt das Mädchen einen Lichtertanz vor Freude.

Mariams und Mattis′ Blicke richten sich auf eine Treppe, die wie aus weißer Watte ist. Bis zu diesem Moment haben sie die Treppe gar nicht wahrgenommen. Und wieder ertönen wundersamen Klänge. Eine Frauengestalt in den süßesten Farben erscheint. Die Augen auf die Menschenkinder geheftet, erscheint zuoberst, beim Treppenabsatz, die Göttin in wallendem Kleid in allen Regenbogenfarben und mit einem Blumenkranz aus zarten Blumenfarben im Haar. Ein ungewöhnliches Licht geht von ihr aus und sie scheint über dem Boden zu schweben. Langsam schwebt sie Stufe für Stufe die Treppe herunter. Mit sich trägt sie einen goldenen Kelch.

Mariam und Mattis denken das Gleiche. Das kann nur der gesuchte Gralskelch sein! Die beiden sind überwältig von diesem Anblick. Die Göttin kommt auf Mariam und Mattis zu.

»Ich begrüße euch Menschenkinder!«

Mit offenem Mund bestaunen sie das schöne Wesen. Sie wendet sich einem nach dem anderen zu. Verbeugt sich vor den beiden und spricht: »Trinkt aus meinem Kelch! Aus diesem Kelch trinkt man den Zauber der Stunde. Aber man darf den Kelch nie bis zur Neige trinken. Mir liegt viel daran, dass recht viele Menschen aus meinem Kelch trinken können. In jedem Tropfen spiegelt sich mein Licht, meine Liebe für das Leben.«

Sie hält ihnen den Kelch hin. Lässt ihn aber nicht aus den Händen. Beide trinken nur einen Schluck. Es schmeckt leicht süßlich. Ihre Herzen glühen auf wie wundersame Lampen. Sie tragen so ein Glücksgefühl in ihren Herzen, dass sie vor Glück kaum mehr atmen können.

»Von nun an werdet ihr Teil meiner Macht sein! Nun ist euer Schicksal mit allen verbunden. Mit Erde, Feuer, Wasser, Luft, mit den Tieren und dem Weltenkind und ihren Lichtkugeln für die Menschen. Tragt mein Licht, meine Liebe in die Welt hinaus.«

Singend am Himmel sind Tausende Lichter entstanden. Ihr herrliches Leuchten ergießt sich über das ganze Weltall. Was noch scharf getrennt war, fließt nun alles ineinander. Zwei Menschenkinder stehen da mit erhobenem Haupt. Majestätisch sieht die Göttin aus mit ihrem Leuchten um ihren Körper, als die Göttliche wieder die Treppenstufen hinaufgeht. Majestätisch sehen aber auch Mariam und Mattis aus. Und während sie das höchste Glück noch empfinden, entschwindet die Göttin.

Mariam kann nicht anders, sie muss vor Glück einfach lächeln. Auch auf dem Gesicht von Mattis herrscht ein zufriedenes, stolzes Schmunzeln. Er wirkt wie weggetreten. Ihre Gesichter sehen nun anders aus. Viel strahlender.

»Den Kelch der Erleuchtung … Wir haben ihn gefunden!«, flüstert Mariam ehrfurchtsvoll.

»Ja, so unglaublich! Wir haben ihn wirklich gefunden!«, jubelt Mattis.

Am liebsten würde er einen Freudentanz machen und Mariam umarmen.

Nun stehen sie in einem weißen Tempel, dem Ort, wo die weiße Macht agiert. Eine ungeheure Leistung. Der blaugekleidete Führer blickt versonnen in die Weite. Dann wendet er seinen Blick Mariam und Mattis zu.

»Die Grabesstille im Land der Mythen ist wieder zum Leben erweckt worden! Die Lebensenergie habt ihr zurückgebracht! Dadurch sind die Erinnerungen, die im Tempel der weißen Träne eingefroren waren, wieder zum Leben erweckt worden. Die schönen Träume gelangen durch unsere himmlischen Kristalle wieder in die Herzen der Menschen. Nun seid ihr in den Kreis der Hüter des Lichts aufgenommen worden.

Die ganze Welt der Magier hat darüber geredet, dass zwei Kinder kommen werden! Nun ist es geschehen! Was für ein Freudentag!«

»Wirklich? Ein Freudentag«, sagen Mariam und Mattis und lächeln einander glücklich zu.

»Die Zeit verlangt es, dass ihr eure Kraft und euer Seelenlicht der Menschheit der Welt schenkt. Mit jedem Jahrhundert, das auf der Welt anbricht, steht ein Wandel bevor. Das letzte Jahrhundert wurde von der weißen Macht regiert. Der Fortschritt und die Entwicklung der Menschen sind ein Zeugnis dafür. Doch die dunkle Macht mischt immer mit. Auch dass es immer noch Kriege, Kämpfe, Tod, Gewalt Zerstörung gibt, sind Zeichen der Dunklen, der Dämonen. Sie können sich bei herzlosen, willensschwachen, manipulierbaren Menschen in die Gedanken einschleichen. Doch bei Menschen mit reinem Gewissen, die wissen, was gut und böse ist, geht das nicht. Die Menschen sollten nun so klug sein zu wissen, dass kein Krieg irgendein Problem löst. Leider sind viele Erwachsenen noch immer so unglaublich blöd und dumm und zetteln Kriege an.

Ihr wart in einem früheren Leben große Heiler, zwei weise Menschen. Bevor ihr wieder auf der Welt geboren worden seid, habt ihr all die Wesen im himmlischen Licht gesehen. Dann seid ihr geboren und habt alles vergessen. Doch das Seelenlicht habt ihr behalten, denn das erlischt nie. Das Böse versucht auf der Welt wieder mehr Macht zu bekommen. Es ist eine Zeit von großen Entscheidungen gekommen.«

Mariam schubst Mattis an, verdreht die Augen und meint: »Wir großen Wiedergeborenen, retten wir die Welt! Aber, ehrlich gesagt, ist das nicht eine Nummer zu groß für uns? Die Welt zu retten?«

Mattis antwortet nicht. Er kratzt sich am Kopf und scheint nachzudenken: »Die große Weisheit denkt!«, nuschelt er.

Der Blaugekleidete hat natürlich alles mitgehört, auch wenn Mariam noch so leise gesprochen hat. Damit sie besser verstehen können, gestattet er ihnen, in seine Lichtkugel zu schauen. Ein schwarzes Spinnennetz zieht sich durch den ganzen Kosmos. All die Menschen auf der Welt mit einem strahlenden Herzen sind wie durch Regenbogenfarben miteinander verbunden. Das Licht von Kristallkindern ist so hell und rein, dass sie das dunkle Netz zerreißen können. Nun haben sie die Wichtigkeit der Kristallkinder und Kristallmenschen begriffen.

»Warum folgen nicht mehr Menschen den guten Strömen?«, fragt Mariam.

Der Blaugekleidete antwortet: »Es ist die Freiheit der Menschen, selbst zu wählen, ob sie dem Guten oder dem Bösen dienen wollen. Was so einfach klingt, ist doch nicht so einfach. Leicht kann man sich im dunklen Netz verfangen. Dann zappelt man darin und es braucht Einsicht, guten Willen, Weisheit und viel Kraft, sich wieder zu befreien.«

Mariam und Mattis überlegen kurz und bestätigen die Aussage: »Es ist wirklich nicht immer einfach, sich aus dem gewohnten Umfeld loszulösen!«

Der Hüter spricht weiter: »Die Menschen auf der Erde wollen keine mächtigen Herrscher mehr. Sie wollen eine andere Welt, keine Führer, die sie unterdrücken und ihnen ihren eigenen Willen aufzwingen. Solche Machtgierigen brauchen die Menschen nicht mehr. Sie sind einfach nicht mehr erforderlich für eine gesunde Welt, wo alle friedlich miteinander leben könnten. Jetzt muss man seinen Blickwinkel ändern. Die Menschen müssen die Verantwortung für das eigene Leben übernehmen und nicht wie Hampelmänner irgendeinem Idioten folgen. Eure Aufgabe ist es nicht, die Fehler anderer aufzudecken und über sie zu urteilen. Mit eurem Seelenlicht müsst ihr für die Menschen wieder das Erdenlicht zum Strahlen bringen, für sie ein Leuchtturm sein. Auch die Natur und die Naturwesen rufen nach euch. Alle Naturgeister aus dem verborgenen Königreich wissen immer schon im Voraus, was sie für einen Menschen vor sich haben. Ob er ihnen wohlgesonnen ist oder nicht. Das Wesentliche, nämlich die Strahlkraft des Herzens, die einen Menschen ausmacht und für das Menschenauge meist unsichtbar ist, können diese Wesen sehen. Sie besitzen eine Gabe, ähnlich wie ein Röntgenblick, und können ins Innere eines Menschen schauen. Hier gibt es kein Schummeln, keine Lügen, nicht einmal Notlügen. Im verborgenen Königreich dieser Wesen herrscht nur die Wahrheit. Liebe Menschen mit reinem Herzen sind immer von einem leuchtenden Schimmer umgeben. Damit müsst ihr auch mit den Pflanzen sprechen, damit sie spüren, dass ihr die Schönheit der Natur liebt.«

Sie blicken in eine Landschaft, die im Sonnengold schimmert. Tausende Blüten öffnen ihre Kelche. Vögel singen, Tiere und seltsame Märchenwesen huschen umher. Hier ist eine Oase, durch die Feen wandeln.

Sie atmen tief ein. Eine Gruppe von Feen bewegt sich auf Mariam und Mattis zu.

»Tanzt mit uns. Mögen eure Schritte leicht sein wie der Wind. Schenkt uns ein Lächeln und wir teilen unseren Atem mit euch.«

Es ist einfach, den Feen ein liebliches Lächeln zu schenken. Die Jugendlichen spüren eine Leichtigkeit im Herzen.

Plötzlich umringen viele kleine Zwerge die unerwarteten Fremden. Munkel und Zwieback sind auch dabei. Als wären sie ein Wunder, werden die Jugendlichen begutachtet und es wird an ihnen herumgezupft.

»Das sind wahrhaftig Menschenkinder!«, hören sie die Zwerge flüstern.

In die Wurzeln von Königsbäumen hat das Zwergvolk seine Wohnungen geflochten. Die Wurzeln verteilen sich über das ganze Erdreich bis zu einer kleinen Quelle. Die Wurzeln vieler kleiner Bäume sind mit denen des großen Baumes verflochten. Der Königsbaum gibt dem Naturreich, der Tier- und Pflanzenwelt die nötige Kraft, um groß und stark zu werden. Von diesem wunderbaren Wurzelgeflecht strahlt ein Lichtkranz zu allen Seiten aus: Süden, Norden, Osten, Westen.

»Wir Naturgeister sind die Wächter der Erde. Einst haben wir die Kristalle für die Kristallschädel aus der Erde gebracht, zum Zeichen der Freundschaft mit den Menschen. Und die Sternenmenschen haben sie mit ihrem Wissen bestrahlt!«

»Wow, so cool!«, unterbricht Mariam den Zwerg.

»Wir wachen auch über die Jahreszeiten Frühling, Sommer, Herbst und Winter. Aber auch über Wind, Regen und Sonnenschein. Es gibt nichts auf der Erde, das wir nicht bewachen. Kein Land ist zu klein oder zu arm, keine Stadt zu groß oder zu reich, dass es uns Naturwesen nicht interessieren würde. Überall können wir sein, gerade so, wie es uns gefällt!«, berichtet Zwerg Munkel voller Stolz.

Zwerg Zwieback tritt vor, stellt sich neben Zwerg Munkel und flüstert ihm etwas ins Ohr. Der nickt und schmunzelt.

»Sollen wir euch eine Kostprobe von unserer Macht geben?«

Die beiden bejahen. Munkel macht eine Handbewegung. Ein Feuer entzündet sich, aus dem züngelnde Flammen zischen. Mariam und Mattis spüren, wie ihr Herz schneller anfängt zu klopfen. Hitzewallungen steigen in ihre Köpfe. Die Hitzestrahlung, die davon ausgeht, wird plötzlich so stark, dass sie zurücktreten müssen. Sie glauben, Hitze und Licht nicht ertragen zu können. Sie legen die Hände vor die Augen und plötzlich schauen sie mit dem Herzen. Vom Zwergenvolk kommt ein leises Gelächter. Der Boden, auf dem sie gerade gegangen sind, löst sich auf. Es ist, als schwebten sie über einem schimmernden Zauberwald. Elfen, die wie tanzende Blumen sind, schweben um die beiden. Sie fühlen sich leicht und unendlich glücklich.

Der Blaukleidete legt ihnen nach einer Weile die Hand auf den Kopf. Sie wagen, die Hände von den Augen zu nehmen, und sehen wieder klar, auch wie die Hitze verdampft. Sie begreifen, dass niemand ungeladen die Schwelle dieses Reiches übertreten kann. Hier gibt es kein rücksichtloses Durchsetzen der eigenen Wünsche. Er und die Naturwesen kennen die Geheimnisse aller Geheimnisse. Grenzenlos ist ihr Geist, der sich ausdehnt und alles zu sehen vermag.

Nun treten wieder die Elfen hervor. Sie sind wie tanzende Regentropfen, die aus Sonnenlicht geformt sind. Den Stauenden legen sie einen durchsichtigen Lichtermantel an. Wer diesen Mantel trägt, dem öffnet sich das Tor ins Land der Sternenmenschen. Die Seelenlichter von Mariam und Mattis dehnen sich aus wie Luftballons, die aufgeblasen werden. Das erlaubt ihnen, wie Engel in der Unendlichkeit des Lichtes zu schweben. Sie schweben in einem Farbenmeer. Voller Sterne glänzt der Himmel über den staunenden Jugendlichen. Nun bemerken sie, dass auch der Blaugekleidete wie ein Engel fliegt.

Mariam ruft Mattis zu: »Schau dort, die beiden Glücksdrachen fliegen mit uns.«

Der blaugekleidete Wächter fliegt voraus. Unter ihnen erscheint ein wunderbar leuchtender Lichterwald mit Bäumen, deren Äste wie Lichterfäden hängen. Statt mit Früchten behängt, funkeln goldene Sterne an den Bäumen. Weiter geht es über einen plätschernden Wasserfall, durch das farbige Land der Feen und der Schmetterlinge. Ein goldenes Band flattert leicht auf der Suche nach Träumen.

»Es liegen noch viele Träume in diesen Bäumen versteckt. Es gibt noch viele Orte, welche die Menschen nicht entdeckt haben. Niemals sollen Träume schlafen, ganz für sich allein. Sie sollen mit euch lachen und glücklich sein«, spricht der Weise.

Sie fliegen durch die unendlichen Reiche der glitzernden Lichtwelten. Zwischendurch hört man, wie die Blumen wie zartklingende Glöckchen singen. Der Meister verlangsamt den Flug und zeigt auf einen etwas kleineren Lichterbaum mit goldenen Früchten. Wie Glocken hängen die Früchte am Baum. Da kommen zwei Engel angeflogen und es ist, als würde alles noch heller, lichter und farbiger werden, weil sie den letzten zarten Schleier wegziehen. In diesem Schauspiel sind Mariam und Mattis mittendrin.

Da spricht der Meister: »Kinder, dieser Lichterbaum gehört euch beiden. Ihr habt ihn erschaffen. Niemand auf Erden kennt euer Geheimnis. Später, wenn ihr erwachsen seid, könnt ihr noch viel Gutes für die Menschen, die Tiere und die Natur tun. Erst wenn ihr alt geworden seid, werden die anderen Menschen erkennen können, was für besondere Menschen ihr auf Erden ward.«

Es gibt ihnen das Gefühl, etwas Besonderes zu sein, ohne eingebildet zu werden.

Da formt sich eine blaue Wolke am Himmel zu einer goldigen durchsichtigen Kristallblume. Sie leuchtet so wunderbar, dass man meinen könnte, es leuchte der hellste aller Sterne. Langsam ziehen die geflügelten Wesen den Schleier zur Lichtwelt wieder zu.

»Magie ist Lebenskraft! Ihr bringt neuen Zauber, neue Herrlichkeit, neue Hoffnung auf die Welt! Es ist die Ferne, von der ihr gekommen seid. Es ist die Ferne, zu der ihr wandern werdet. Baut Tempel und helle Hütten, ihr, die heute atmet«, hören sie sagen.

Sie kommen zurück vom Regenbogenland. Sie sind durchs Licht gegangen und nun keine Kinder mehr. Sie fühlen sich wie neugeboren. Ihr bisheriges Leben wird sich vollkommen verändern. Ihre Seelen haben das Tor zur anderen Welt aufgestoßen. Sie haben verstanden, dass sie den schwächer werdenden Lichtern auf der Erde mit dem eigenen Seelenlicht wieder neue Energie geben können. Dass sie sich die strahlenden Knaben und Mädchen suchen und mit ihnen eine Sonnenbrücke bauen zwischen dieser und jener Welt. Und eine silberne Brücke erhebt sich in weitem Bogen in die klare Luft hinaus und verliert sich schimmernd im Licht. Mit Silberfäden sind sie alle miteinander verbunden. Sie sind gerufen worden, aber viele andere auch, damit sich das Unheil auf der Welt auflösen kann. Nur gemeinsam sind die strahlenden Menschen stark. Damit die Katastrophe der Macht der dunklen Geister abgewendet werden kann.

»Bringt die Welt wieder in Ordnung!«, hören sie die Himmelswesen ihnen zurufen.

Magische Entfesselung

»Die Stufe magischer Entfesselung werdet ihr nun beherrschen.«

»Was ist das nun wieder, magische Entfesselung?«, flüstert Mariam.

Der Weise lächelt: »Ihr könnt euch die Drachenkraft zunutze machen. Wer die Drachen zum Freund hat, dem wird die Drachenenergie geschenkt. Stellt euch zueinander und haltet die Handfläche gegeneinander.«

Plötzlich tanzen die Farben des Regenbogens aus ihren Händen, dann um sie herum. Es ist ein zauberhaftes Gefühl, im Glanze des Lichtes zu stehen. Das Licht, das sie Stufe um Stufe höher bringt. Der Lichtmantel, der ihnen umgehängt wurde, wird ihnen nun als Hülle des Schutzes dienen.

»Das schützt euch vor dunklen Kräften. Die dunklen Mächte versuchen euch immer zu umgarnen und euch mit ihrer dunklen Macht zu verführen«, sagt der Meister.

Sie konzentrieren sich darauf, mit der Hand gegenseitig einen unsichtbaren Kreis zu ziehen. Es ist leichter als gedacht, ein zaghaftes Leuchten um den Körper hervorzubringen. Oder ist es einfach ein glücklicher Zufall? Sie sammeln nochmals ihre Kraft und richten den Willen auf das Leuchten um den Körper. Bei den ersten Versuchen erscheint das Leuchten nur kurz. Nach weiteren Anstrengungen verstärkt sich das zaghafte Leuchten.

»So cool!«

Für einen kurzen Augenblick stehen sie in einer leuchtenden Lichtkugel. Es ist ein ausgesprochen seltsames Gefühl, weil man meint, sich auszudehnen wie ein Ballon, der aufgeblasen wird. Sie sind sich einig: Ohne magische Kraft hätten sie das nicht zustande gebracht. Lange stehen sie einander gegenüber und sagen kein Wort.

»Ihr habt verstanden, um was es geht, nun könnt ihr weiterziehen. Ihr Kristallkinder gebt der Erde eine neue Schwingung, einen neuen Schwung. Ihr seid als Träger des geheimen Wissens ausgesucht worden.

Fast nur Kinder können durch das Herz schauen und unsere Welt sehen. Euer Körper ist der Tempel und die Seele wohnt darin. Und wie ihr euren Tempel bearbeitet, das bestimmt ihr. So gibt es schöne Tempel und hässliche Tempel. Löst sich die Seele vom Körper, verfällt der Körper, doch die Seele steigt auf in der

Spiegelwelt. Jeder Mensch hat seine Geschichte, die er kennt. Und die aus der der Spiegelwelt, die er vergessen hat. Doch die Seele vergisst sie nie. Habt ihr verstanden?«

»Es ist alles kristallklar!«, sagen die beiden.

Mariam grinst spitzbübisch und flüstert Mattis zu: »Hast du alles kapiert? Das haben sie uns schon ein paarmal erzählt!«

Er nickt und schmunzelt.

Die magische Sternblume

Nochmals dürfen sie durch die Lichtkugel schauen. Da hören sie es flüstern und raunen. Wieder macht sich eine gewaltige Energie breit. Sie zucken zusammen, innerlich und äußerlich. Sie sehen durch das magische Netz, das in die andere Welt blicken lässt. Die Liebe hat ihre Flügel ausgebreitet und schwebt vor ihnen her wie ein schneeweißer Schmetterling, in die Sphären des Lichts.

Auf einmal spüren sie einen sanften warmen Wind aufkommen. Im gleichen Augenblick erschallen zarte helle Klänge. Zarte Glockenklänge schwellen zu einem herrlichen Konzert an. Der singende Wind berührt die Blumen, die Pflanzen, die Bäume, die Tiere. Der harmonische Klangteppich tönt von Blume zu Blume, von Baum zu Baum. Sie lauschen und genießen. Auf einer großen Waldwiese bereiten sich Naturwesen nochmals vor zum großen Fest. Die Bergmännlein kommen mit ihren Laternen. Und über grüne Teppiche laufen die Mooswichtel. Auf einer Baumwurzel eines alten wunderschönen Baumes steht die Elfenkönigin, strahlend schön und hell. Sie wohnt in diesem Baum, er ist ihr Elfenbaum. Um ihre Füße weben sich farbige Nebelschwaden. Mit sich trägt sie eine goldene Sternblume. Kleine Elfen kommen aus ihren Verstecken und tanzen vor Freude.

»So etwas Schönes haben wir schon lange nicht mehr erlebt.«

Alle versammeln sich um die Elfenkönigin.

»Meine Freunde!«, spricht sie. »Zwei junge Menschen sind durch den Tempel der weißen Träne gegangen und haben meine Sternblume wieder zum Leuchten gebracht. Ich habe eure Liebe aus euren Augenblitzen gesehen. Dieses Geschenk war für mich kostbarer als jede andere Gabe. Es leuchtet wieder in der Himmelswelt und auf der Erdenwelt. Und die ausgesendeten Lichtstrahlen leuchten über die ganze Welt. Auch meine Sternblume hat von diesem Licht bekommen. Was für ein besonderer Tag!«

»Ich glaube, die meint wirklich uns!«, murmelt Mariam erstaunt.

»Ja, genau euch beide meine ich! Diese Botschaft wollte ich euch Sternenkinder noch mitgeben, bevor ihr wieder auf die Erde zurückkehrt.«

Und all die kleinen Erdmännchen und die Elfen tanzen vor Freude, denn die Welt ist noch nicht verloren. Der klingende Wind verstummt wieder. Die Sicht durch die Lichtkugel vernebelt sich. Ein Schleier legt sich darüber. Sie stehen wieder dem Blaugekleideten gegenüber.

»Wenn eine Fee den Atem mit euch Menschen teilt, könnt ihr in ihr Reich sehen!«, lächelt er. »Ich habe euch so liebgewonnen, dass ich euch beide am liebsten bei mir behalten möchte. Das geht natürlich nicht. Die Erdenwelt braucht euch. Ich muss euch nun wieder ziehen lassen. Aber ihr könnt mich immer fühlen, wenn ihr die Augen schließt und an mich denkt. Ich beschütze euch und passe auf, dass euch nichts geschieht. Das mache ich auch bei vielen anderen Kindern so. Soll das Licht in der Welt strahlen und sie hell machen, braucht es Kinder wie euch. Denn das Licht braucht Lichtträger, die das Licht in die Welt hinaustragen.«

Mariam und Mattis fühlen, dass die Reise bald zu Ende sein wird. Es ist, als würden sie schwerer und schwerer werden. Dann löst sich der Blaugekleidete auf. Sie hören das Rauschen von Flügeln. Die Drachen sind im Anflug.

»Ihr kommt nur zurück, weil ihr in diesem Land gute Freunde habt. Bald werdet ihr erwachsen sein, dann müsst ihr Verantwortung übernehmen. Bis jetzt wurdet ihr von uns geführt«, hören sie ihn noch sagen.

Die Drachenreiter

In einem Glänzen am Himmel kommen die beiden gezähmten Drachen wieder angeflogen. Mariam und Mattis werden abgeholt. Mit ihrer Kraft sind die Tiere wie Magier. Mariam und Mattis haben ihnen geholfen, den Weg ins Licht zu bahnen. Ihr Lohn ist nun, mit den Drachen nochmals fliegen zu dürfen.

»Bitte aufsteigen!«, sagen die Drachen.

»Das ist wundervoll«, jubeln die beiden Drachenreiter.

Die Drachen spannen ihre mächtigen Muskeln und setzen zum Flug an. Mit ihren starken Flügeln teilen sie die Luft. Der Aufwind ist wie eine unsichtbare Wendeltreppe aus warmer Luft, die direkt von der Erde in den Himmel führt. Der Flug geht in die Unendlichkeit hinaus, zu den lichten Strahlen, auf denen sich die Geheimnisse der Erde und des Himmels verbrüdern. Gleichmäßig schlagen sie ihre Flügel auf und nieder.

Über ihnen das Sternbild des Orion, das sich aus unerklärlichen Gründen in Bewegung setzt. Ein Sternenmeer umgibt sie. Ein besonderes Sternenbild, das »Kreuz des Südens«, sticht aus dem Sternenmeer hervor.

Beim Fliegen fallen einige Sterne zur Erde. Es ist, als hinterließen sie einen Sternenregen. Das Licht ergießt sich über die Welt. Berauscht von der Leichtigkeit, gleiten sie wie ein Windhauch durch die Luft.

»Es ist himmlisch, ein Drachenreiter zu sein!«, jauchzen sie.

Tausende von Lichtern reflektieren in der Himmelswelt. Plötzlich gesellt sich noch der silberne Vogel dazu. Er ist ein wunderbarer Vogel, schön und elegant in seinem silbernen Gefieder. Auf der Brust trägt er einen seltsamen Federschmuck.

»Er war doch ein Bote aus der anderen Welt!«, ruft Mariam Mattis zu.

Die Drachen gleiten pfeilschnell voran.

»Es ist einfach wundervoll, auf einem Drachen zu reiten!«, ruft Mattis begeistert zurück. »Nein, was sage ich, es ist nicht nur wundervoll, es ist einfach großartig.«

Plötzlich huschen Wolkenfetzen an ihnen vorüber. Langsam verschwindet das Glitzernde. Die Luft wird kälter. Die schönen Farben erbleichen.

Ein feuriger Wind weht ihnen entgegen und es donnert heftig durch den Himmel. Dann ein grelles Leuchten eines Blitzes, der durch den Himmel fährt. Fast im gleichen Augenblick donnerte es noch mal so heftig, dass sich der Klang durch jede Faser ihres Körpers frisst. Ein so tiefes Dröhnen, dass ihnen den Atem stockt.

»Um Himmelswillen, dieser plötzliche Wetterumschwung, das kann doch nicht sein!«, brüllt Mattis fassungslos.

Ein unerwarteter Wirbelwind wirft die Drachen von einer Seite zur anderen und es ertönt ein schauerliches Heulen, fast wie das von hungrigen Wölfen. Die beiden bemühen sich krampfhaft festzuhalten. Die strahlenden Farben wechseln zu einem dunklen Violett. Langsam verläuft auch das Violett in ein dunkles, schmutziges Grau. Unter ihnen sehen sie das Reich der dunklen Mächte auf der Welt.

»Das ist echt verrückt!«, stammelt Mariam.

Der Anblick ist bedrückend und unheimlich. Dunkelheit hat sich über die Stadt gelegt. Sie müssen sich die Augen reiben, als läge Ruß in der Luft, der in den Augen brennt. Die ganze Stadt ist gefangen unter einem ungeheuren Spinnennetz. Kein Gebäude scheint es hier zu geben, das nicht drohend und furchterregend wirkt. Es scheint, als bestünde alles aus Spukhäusern. Schmutzige Straßen sind überfüllt mit stinkendem Abfall. Ein übler Geruch hängt über der Stadt, der einem den Atem stocken lässt. Ein Riese von einem Mann mit stechenden Augen und schwarzen, glatt zurückgekämmten Haaren rührt in einer Giftsuppe. Dämpfe steigen auf und vernebeln das Denken, Fühlen und Wollen der Stadtbewohner. Finster und hässlich sind die Gesichter der Menschen in dieser Stadt. Der Riese dreht ruckartig den Kopf. Sein böser Blick starrt zu den Drachen.

Da sprechen die Drachen: »Wir wollten euch noch eine Stadt auf der Welt zeigen, wo alles aus dem Gleichgewicht geraten ist. Menschen, die falschen Führern vertrauten, haben Krieg angefangen und alles kaputt geschlagen. Viele Menschen, die in der Stadt wohnten, mussten flüchten.«

»Ich bin echt schockiert!«, stottert Mariam.

»Ja wirklich, echt schlimm!«

Anstatt schöner grüner Bäume mit saftigen Früchten wachsen hier nur graue, kraftlose Bäume mit traurigen hängenden Ästen und faulen Früchten. Auch die farbigen Blumen sind ganz blass und lassen die Köpfe hängen. Alles ist traurig, sehr traurig. Kein Kinderlachen, kein Spielen, einfach nichts. Über das ganze Land ist ein grauer, modriger Wurzelteppich mit Schlingarmen ausgelegt. In den Schlingarmen hängen ganz viele Menschenseelen.

In diesem Reich gibt es keine Tiere. Denn diese Menschen hassen die Tiere. Die Menschen, die dem Ruf des Bösen gefolgt sind, haben sich einen schweren Rucksack angelegt. Doch die Menschen haben die Freiheit zu wählen, ob sie böse, gemein, hinterlistig, frech oder ob sie herzlich, freundlich, fleißig oder faul und fies sein wollen. In der Spiegelwelt wird alles gespeichert, ob gut oder böse. Eines Tages müssen alle für ihre Taten geradestehen. Diejenigen, die so viel Schlimmes angerichtet haben, müssen viel Gutes für andere Menschen tun. Wer will schon in einem so finsteren Reich für immer gefangen sein?

Dann verlassen sie den Ort! Zahllose schwarze Schleier lösen sich und verändern sich. Eine weiße Taube fliegt aus einer Wolke.

»Diese weiße Taube ist dank euch wieder zurückkehrt. Sie gibt den Menschen Hoffnung, die Unordnung auf der Welt, die sie angerichtet haben, in eine gültige Ordnung zu bringen. Und durch ihr Suchen und Schaffen im Guten wieder das Licht in Herzen zu finden!«

Beim Weiterfliegen sehen sie eine Brücke, an der schon viele seit Ewigkeiten bauen. Die aber niemals fertig sein wird. Wie eine ausgestreckte Hand, die niemand ergreift, wirkt die unfertige Brücke, die irgendwo im dichten Nebel verschwindet, der beständig aus der Tiefe steigt.

»Ein solches Bauwerk kann nicht vollendet werden, wenn den Menschen von der gegenüberliegenden Seite nicht entgegengebaut wird«, spricht der Drache.

Mariam und Mattis ist vollkommen klar, was das für eine Brücke ist. Sie verbindet die sichtbare mit der unsichtbaren Welt.

Die beiden Drachen fliegen weiter durch den aufsteigenden Nebel. Bald lichtet sich der Nebel und in weiter Ferne zeichnet sich ein Tor ab, das riesenhaft am nördlichen Horizont steht. Die Drachen steuern darauf zu. Wie von Geisterhand öffnet es sich. Zarte Glockenklänge durchziehen die Luft.

»In unserer Welt gibt es keine verschlossenen Türen. Auch benötigen wir keine Dächer, da es bei uns keine Unwetter gibt. In unserer Welt gibt es unbegrenzte Möglichkeiten zu wohnen«, erzählen die Drachen.

Dann landen die Drachenflieger in einem Traum von funkelnden Lichtern. Es ist das Reich der Drachen. In der Mitte des Raumes dampft es wie aus einem Dampfkessel. Der Dampf verfärbt sich in einem farbigen Lichtspiel. Ein Lichtstrahl bahnt sich einen Weg durch den düsteren Rauch und setzt dem Düsteren ein Ende. Die Dampfschwaden werden zu Lichtstrahlen und fließen ineinander. Funken von regenbogenfarbigem Licht tanzen wirbelnd in den Lichtstrahlen.

Sie sehen einen goldenen Baum. Menschen in goldenen Gewändern. Gräser, Blumen, Pflanzen … Alles ist vergoldet. Von einem sanften Wind werden die Gräser und Pflanzen hin und her bewegt. Goldene Tiere ruhen darauf.

»Hier werden Seelen von verstorbenen Tieren gesund gepflegt. Vor allem Tiere, die von den Menschen schlecht behandelt worden sind, wodurch ihre astralen Körper verletzt wurden. Das ist unser Reich, unsere Heimat«, sagen die Drachen.

»Es ist einfach nur schön hier! Ein göttliches Glitzerparadies«, sagt Mariam voller Bewunderung.

Aus einer blauen Dampfwolke formen sich zwei goldene Blumen. Sie leuchten wie wunderbare Sterne.

»Das sind eure selbst arbeitenden strahlenden Sterne, die nun am Himmel leuchten. Diese Sterne waren eure Eintrittskarte in unsere Welt! Nun könnt ihr sie sehen«, sagt der Drache mit trockener Stimme.

In diesem Schloss ohne Fenster und Türen scheinen Gäste zu einem Fest geladen zu sein. Die Geladenen wirken wie goldene Flammen. Unter ihnen erkennen Mariam und Mattis auch diejenigen, welche ihnen auf ihrem Weg begegnet sind. Sie beobachten die freundlich lächelnden Menschen und spüren, wie Lichtfunken aus ihren Augen springen. Dann fangen sie an zu tanzen. Die Lichtfunken springen von einem zu anderen und die goldenen Flammenkleider werden wie fließende Lichter und zu einem einzigen großen Feuer. Mariam und Mattis stehen mittendrin. Sie wissen nicht mehr, wer sie sind und wo sie sind. Sie sind einfach in einem funkelnden Lichtermeer von Farben und Formen.

Jetzt schweben alle Lichtwesen um sie herum, deren Helligkeit sie im ersten Moment blendet. Zwei Lichtwesen lösen sich aus dem Lichtermeer, schauen die beiden Staunenden mit funkelnden Augen an, aus denen unendlich viel Liebe strahlt. Sie lächeln und schieben Mariam und Mattis überraschenderweise sanft zurück. Sie taumeln. Eine sanfte Brise zieht auf. Das Feuer wird schwächer und löst sich ganz auf. Und mit ihm sind auch die geladenen Gäste verschwunden.

Mariam und Mattis sind aus der Grenzenlosigkeit zurück. Sie sind noch ganz verzückt, als sie die Stimme der Drachen hören.

»Kommt wieder zurück auf den Boden«, lächelt ein Drache liebevoll und zwinkert mit dem Auge.

»Die Größe eurer Seelenkörper beträgt etwa zwei Meter fünfzig!«, begrüßt sie die wohlklingende Stimme des anderen Drachen.

Die Liebe, die von den Drachen ausgeht, ist unbeschreiblich.

»Das war ein recht ungewöhnliches Fest!«, stammelt Mariam.

»Eine neue Zeit ist eingeläutet worden und ihr habt mitgeholfen, den Grundstein zu legen! Alles Gute wird im Stillen geboren. Ihr habt es geschafft, eure Mission erfolgreich zu beenden! Die Erde atmet wieder«, antwortet ein Drache.

»All diese lichten goldenen Wesen helfen euch Menschen, die dunklen Sphären aufzuhellen. Alle sieben Jahre begegnen sich die Auserwählten zu einem Lichterfest und verschmelzen zu einem gewaltigen Feuer. Ihr habt gelernt, mit dem Herzen zu sehen!«, erklärt der andere Drachen.

»In dieser lichtdurchfluteten Welt ist alles friedlich und angenehm«, schwärmt Mariam.

»Ich habe auch den Eindruck, dass wir an den schönsten Orten waren!«, meint Mattis überwältig.

Die geheimnisvolle Magie strahlt in majestätischem Glanz weit über den Himmel. Mattis braucht auch einen Moment, um das alles zu begreifen. Er wirft Mariam einen ungläubigen Blick zu.

Sie zuckt mit den Achseln und lächelt: »Wenn die Drachen das sagen, dann müssen wir es glauben!«

Der Rückweg ist nicht nur weit, sondern für die beiden Wanderer ohne Hilfe aus der verborgenen Welt auch nicht mehr auffindbar.

Sie stehen vor einem Netzwerk von zierlichen Wegen, die von Steintreppen durchbrochen sind und an kleine Plätze mit üppigen Blumen führen. Niemand findet ohne Hilfe den Weg aus diesem Labyrinth.

Die Drachen weisen auf einen blumengeschmückten Torbogen hinter ihnen. Leichtfüßig bewegen sich Mariam und Mattis darauf zu. Sie betreten eine Halle mit weißen Säulen. Da sehen sie im hinteren Teil eine Treppe, die nach unten führt.

»Weiter gehen dürft ihr nicht. Erst wenn eure Erdenzeit abgelaufen ist, dürft ihr in den heiligen Tempel eintreten. Ihr müsst die Treppe nach unten nehmen«, geben die Drachen Anweisung.

Zögernd fragt Mariam: »Nach unten in die Hölle?«

»Nein, nein, natürlich nicht! Der Weg nach unten führt euch zu Pino zurück, in die irdische Welt. Er wartet auf euch!«

Mariam und Mattis verabschieden sich und nehmen die Treppe nach unten. Es ist, als wären sie zwei Lichtflammen, welche die Treppe hüpfend hinuntersteigen. Das Licht geht vom ganzen Körper aus.

Die Drachen reden in den Gedanken einander zu.

»Die beiden jungen Seelenwanderer haben uns das Geschenk der Hoffnung gemacht. Sie werden sich in der irdischen Welt verändern. Ihre Geistkörper strahlen in neuem Glanze. Abzulesen ist es an ihren Augen. Sie funkeln in neuem Glanze. Nicht umsonst wird gesagt, die Augen wären der Spiegel der Seele. Einige Lebensgewohnheiten, die nicht mehr passen, werden Mariam und Mattis wie ein getragenes altes Kleid ablegen!«

»Wir beobachteten ihren Lebensweg von unserer Welt aus!«, spricht der andere Drachen in Gedanken zurück.

Dann spannen sie ihre Flügel, wobei sie einen Schweif bunter Farben am Himmel zurücklassen. Bald sind sie außer Sichtweite.

»Tschüss, ihr beiden Drachen! Es war so wunderschön mit euch!«, sagt Mariam wehmütig.

Sie gehen wieder durch einen Nebel und stoßen auf Pino. Mattis legt seine Stirn in Falten und sieht etwas dusselig aus.

»Mein Leben hat sich verändert. Ich will nicht von Wundern sprechen, aber es war einfach fantastisch.«

Auf der Erde hat sich gerade unbemerkt etwas Entscheidendes getan. Die Staaten wollen mehr zusammenarbeiten und nach gemeinsamen Lösungen suchen. Die ganz streitsüchtigen Machthaber werden mit ihrer Machtgier in die Ecke gedrängt.

Zurück

Pino wartet auf seine Mannschaft.

»Willkommen zurück! Bald schließt sich das Zeitfenster. Wir müssen zum Rückflug starten! Die Zeit drängt. Ihr könnt mir auf dem Rückflug eure Erlebnisse erzählen!«

Sie steigen ein und machen es sich gemütlich. Doch es ist von kurzer Dauer.

»Schaut mal, wir bekommen Besuch!«, ruft Mattis und zeigt zum Himmel.

»Die wirkliche Welt hat uns wieder!«, fügt Mariam nüchtern hinzu.

Ein einziger Blick genügt: Sie werden von einer Drohne verfolgt.

»Verfluchter Mist!«, jammert Pino. »Wir müssen die Drohne abhängen!«

»Ich drücke den roten Knopf!«, macht Mattis den Vorschlag.

Trotzdem lässt sie sich die Drohne nicht abhängen. Es ist, als ziehe Pino die Drohne an wie ein Magnet.

»Wir müssen uns etwas ausdenken!«, gibt Pino zum Besten.

Mattis verzieht sein Gesicht: »Das hört sich gar nicht gut an!«

»Die neusten Satellitentechnologien sind nicht mehr so einfach zu überlisten. Ich mache nun einen Sturzflug und dann ein paar krasse Kurven. Dann stellen wir fest, ob die Drohne uns immer noch verfolgt. Haltet euch fest, die Party beginnt!«

Kaum gesagt, lässt sich Pino fallen wie ein Stein. Ein Aufschrei von Mariam. Auch Mattis hat es die Sprache verschlagen. Er schnappt wie ein Fisch auf dem Trockenen nach Luft. Dann steigt Pino wieder hoch in einem Affentempo, dass es den beiden speiübel wird.

»Das ist schlimmer als die verrückteste Achterbahn!«, keucht Mattis.

»Nun kannst du deinen Vergnügungspark noch mal genießen!«, säuselt Mariam.

Pino bringt sich wieder in Balance. Die Drohne ist weg.

»Ihr seid ja kreidebleich geworden!«, spöttelt Pino.

»Wir sind ja auch Menschen und keine Roboter!«, kreischt Mariam.

Mattis unterdrückt ein Würgen. Beide sind wirklich bleich wie Gespenster.

»Ich hacke nun das Steuerungssystem der Drohne! Hey ihr beiden, reißt euch zusammen, ich brauche euch«, sagt Pino in ernstem Ton.

Mattis holt tief Luft. Er pfeift aus dem letzten Loch. Mit einer hauchdünnen Stimme sagt er: »Nichts einfacher als das! Wir werden zu Hackern!«

»Ich bin ein erstklassiger Hacker!«, meint Pino stolz. Eine aufgewühlte Stimmung herrscht.

»Wie wahrscheinlich ist es, dass du es kannst?«, fragt Mariam.

Doch Pino gibt bereits Mattis Anweisungen, was zu tun ist. Gespannt sitzt dieser kreidebleich vor dem Laptop und tippt die Befehle von Pino ein. Durch die volle Konzentration bekommt sein Gesicht wieder Farbe. Mariam wird als Wachposten abkommandiert. In Sekundenschnelle hat Pino die Daten ausgewertet. Angestrengt schaut Mariam durch das Fenster. Die Drohne scheint verschwunden zu sein. Da plötzlich schlägt Mattis sich an die Stirn.

»Mensch, Pino! Geschafft! Ich habe die Daten geknackt. Wir haben die Drohne überlistet!«, ruft Mattis leise. Dann ist es einen Augenblick still. »Auch dieses Hindernis haben wir weggefegt!«, kichert er.

Plötzlich strahlt Pino in ultraviolettem Licht, das die drei schützt. Pino rast mit ungeheuerlicher Geschwindigkeit an einem schwarzen Loch vorbei. Energie strömt heraus. Es scheint das kleine Auto aufzuladen, denn es wird noch schneller.

»Hoffentlich stürzen wir nicht ab, so schnell kann nur ein Ufo sein!«, ächzt Mariam.

»Hast du schon mal gehört, dass ein Ufo abgestürzt ist?«, antwortet Pino beleidigt.

»Nein, habe ich nicht! Das beruhigt mich echt!«, stammelt Mariam.

»Pino, du rast wirklich so schnell, dass wir fast nicht mehr atmen können«, piepst Mattis.

Sie spähen hinaus. Die Sicht wird klarer. Sie sehen ein üppiges Tal, dahinter schneebedeckte Berge.

»Wir haben es geschafft. Willkommen in der Schweiz«, sagt Pino.

»Unser Zuhause liegt nicht gerade um die Ecke. Wir sind noch ein paar hundert Kilometer davon entfernt!«, meint Mariam.

Mattis hat sich auch wieder nach dem rasanten Flug im Griff.

»Das ist bestimmt kein Problem für Pino, uns ans Ziel zu bringen!«

»Natürlich nicht.«

Die schneebedeckten Berge weichen bald einem von den Straßenlaternen orange-dunstig gefärbten Nachthimmel. Sie halten Ausschau nach einem Militärflugzeug, um nicht noch einmal angegriffen zu werden. Doch alles bleibt friedlich.

»Wie lange waren wir wohl weg, auf unserer Reise auf der Suche nach der Magie des Kelchs?«, fragt Mariam.

Mattis lächelt verschmitzt: »Ich habe einmal eine Geschichte von zwei Kindern gelesen. Sie kamen in eine Zauberhöhle und dachten, sich dort eine Stunde aufgehalten zu haben. Als sie zurückkehrten, waren hundert Jahre vergangen.«

»Ja, die Zeit, die ist ein eigenartig Ding!«, fügt Pino hinzu.

Mariam macht große Augen.

»Hoffentlich waren wir nicht hundert Jahre unterwegs!«

Wieder daheim

Der Regen prasselt unerbittlich an die Fensterscheiben. Ihre Blicke suchen den Nachthimmel ab. Unter ihnen Lichter der Stadt, in der sie leben.

Pino landet, wie vorgehabt, in einem verfallenen Stadtviertel. In einem Gewirr winkliger Gassen lässt sich Pino rasch auf dem Pflaster eines Hinterhofs nieder.

»Wir sind vom Himmel gefallen und wieder zurück!«, lacht Pino.

Nach ein paar Metern hält er vor einem verwahrlosten wuchtigen Gebäude. Es scheint ein altes Fabrikareal zu sein.

»Mattis, weißt du, wo wir sind?«, fragt Mariam.

»Nein, keine Ahnung!«

Pino fährt eine Rampe hinunter, kreuz und quer zwischen niedrigen Gebäuden auf schmalen Fabrikwegen, dann durch ein verfallenes Tor.

»Du kennst dich aber gut aus in den Winkeln der alten Fabrikanlage«, staunt Mattis.

Pino fährt eine schmale Straße entlang. Dann nochmals um einen Häuserblock und plötzlich sind sie auf einer Schnellstraße. Gerade wollen die beiden aufatmen, da bemerken sie im Rückspiegel, dass ein Polizeiauto sich ihnen an die Fersen gehängt hat, das ziemlich nah auffährt.

»Pino, sie dürfen uns nicht erkennen! Wir müssen uns unauffällig verhalten«, schießt es Mattis durch den Kopf.

»Nur keine Panik«, beruhigt Pino. Die beiden starren stur geradeaus. »Nur keinen Fehler machen, der die Aufmerksamkeit auf uns zieht«, wiederholt Pino.

»Gut, dass der Regen so heftig ist, dass die Polizei nicht unser Alter erkennen kann«, meint Mattis.

Plötzlich werden sie von einem Raser überholt. Das Regenwasser spritzt wie eine Fontäne auf alle Seiten. Das Polizeiauto stellt die Sirene an und rast hinterher. Eine Weile später sieht man sie bei einer Ausfahrt stehen. Die Jugendlichen atmen tief durch.

»Das ist wieder einmal gutgegangen«, meint Mariam erleichtert.

Pino verlässt die Schnellstraße. Die Geräusche der Stadt klingen durch den Regen gedämpft und seltsam stumpf. Doch als sich in der Ferne wieder das Heulen einer Polizeisirene unter die Stadtgeräusche mischt, zucken sie nochmals gewaltig zusammen.

»Hoffentlich holen sie uns jetzt nicht aus dem Verkehr«, stöhnt Mariam.

Die Autokolonne wird langsam und kriecht wie ein alter Tatzelwurm über die nasse Straße. Offenbar ein Autofahrtunfall. Pino sichtet eine Nebenstraße und steuert drauflos. Autos hupen, eine Straßenbahn bimmelt. Die bunten Neonschriften verbreiten ein künstliches Licht in der Nacht. Pino fährt mit seinen Insassen durch die Straßen der Stadt.

»Ich bin erstaunt, dass trotz des Regens noch so viele Menschen unterwegs sind«, murmelt Mariam vor sich hin.

Schließlich gelangen sie ans Ziel. Das Schulhaus kommt näher. Pino hält in Sichtweite des Schulgebäudes.

Nun gilt es, Abschied zu nehmen von Pino.

»Wir haben wirklich wieder komische Dinge erlebt. Und sind nach so vielen Gefahren und Abenteuern auch wieder heil angekommen. Danke, Pino!«, bedanken sich die beiden.

»Das habt ihr nicht mir zu verdanken, dass ihr wieder heil zurück seid. Ich habe euch nur den Tipp gegeben für dieses Abenteuer. Nun geht, es ist wieder spät geworden«, antworte Pino.

»Holst du uns wieder ab?«, fragt Mattis.

»Das wissen die Götter! Frage dort nach!«, schmunzelt Pino. »Mit anderen Worten: Ich weiß es nicht! Es ist besser, wenn ihr die Story für euch behaltet. Dann sind die Chancen größer für eine Fortsetzung.«

»Wir werden schweigen wie ein Grab«, lächelt Mattis.

Mariam nickt, schaut den verbeulten Kleinwagen an und fragt: »Pino, wo waren wir eigentlich? In einer Traumwelt, in einer Scheinwelt oder war alles nur Illusion? Doch alles war so wundervoll magisch. So realistisch, so greifbar. Und vor allen so glaubwürdig!«

Mattis schaut Mariam an und kommt bei dieser Frage wieder ins Schwärmen.

»Ich fühlte mich wie in einer Zaubershow, aber nicht nur als Zuschauer. Ich war wie ein Magier voll dabei!«

»Meine beiden Freunde, ihr habt mich gefragt, wo wir waren: Direkt um die Ecke! Alles ist miteinander verwoben, alles ist eins. Aber nun müsst ihr wirklich gehen. Ihr werdet schon lange zum Abendbrot erwartet. Für heute ist Schluss!«

Die beiden lassen sich nicht so schnell abwimmeln.

»Direkt um die Ecke!«, wiederholt Mariam. »Daraus werde ich nicht schlau. Mattis würde sagen: Das ist keine Antwort.«

Mattis nickt Mariam zustimmend zu und lacht.

Diese meint gelassen: »Direkt um die Ecke wohnen wir. Hey du. Pino, ich werde dich vermissen, auch wenn du meine Nerven manchmal arg strapazierst.«

»Pino, ich werde dich so arg vermissen, dass mir schon ganz übel ist!«, bedauert Mattis den Abschied.

Gerade will er losgehen. Wie vom Schlag getroffen hält er kurz inne und geht nochmals zum Bordcomputer zurück.

»Pino, wir müssen noch alle deine Koordinaten löschen, nicht dass sie in falsche Hände geraten.«

»Sehr gut, Mattis, das hätten wir fast vergessen!«, lobt Pino.

Dann gibt es noch mal ein herzliches Abschiednehmen.

»Am liebsten würden wir dich für immer behalten, aber das geht ja nicht! Oder doch?«, fragt Mattis.

»Ich vermisse euch beiden genauso. Aber ich habe keine Wahl. Die Reise ist hier zu Ende!«

Mariam beißt die Lippen zusammen und sagt dann: »Du könntest einfach bei uns bleiben und nicht mehr zurückgehen!«

Mattis ist natürlich Feuer und Flamme von diesem Vorschlag. Besitzer von einem so besonderen Auto zu sein, wäre natürlich ein Hit! Doch Pino bleibt bei seinem Entschluss.

»Meine beiden Reisenden zwischen zwei Welten, vergesst nie, wenn ihr Heimweh nach den Sternen habt: Eine Reise ins Innere könnt ihr immer machen, auch ohne mich! Ein Unmöglich gibt es nicht! Das Leben ist voller Zeichen, man muss sie nur sehen!«

»Pino, wir können und wollen das Erlebte nie vergessen, denn es hat uns die Augen und das Herz geöffnet«, meint Mattis.

Mariam schaut den verbeulten Pino liebevoll an und antwortet. »Pino, du wirst mega Ärger bekommen mit deiner verbeulten Karosserie.«

»Das wird bestimmt der Fall sein!«, kichert Pino. »Aber ich bin ja nur ein Auto, das wieder geflickt werden kann.«

Liebevoll fährt Mariam mit der Hand über das verbeulte Auto. »Aber cool war es trotzdem, obwohl ich manchmal geglaubt habe, dass es unmöglich ist, diese Hindernisse zu bewältigen!«, gesteht Mariam.

»Ein Unmöglich gibt es nicht. Ihr habt die Tore zu einer verborgenen Welt geöffnet und mit der Magie aus dem Gralskelch das Licht auf die Erde geholt! Das ist eine Meisterleistung!«, lobt Pino.

»Wir sind gespannt, was das Schicksal mit uns noch vorhat. Jedenfalls werde ich diese Erlebnisse nie vergessen!«, fügt Mattis hinzu.

Dann trennen sich ihre Wege endgültig. Pino fährt los. Da stehen sie unter einer Straßenlaterne. Sie schalten das Handy ein.

»Ups, hast du gesehen, wie spät es ist?«, fragt Mariam erschrocken.

»Der Ärger zuhause ist schon vorprogrammiert, doch es hat sich gelohnt!«, meint Mattis locker.

Trotzdem machen sie sich schleunigst auf den Heimweg.

»Schon komisch, wieder ein ganz gewöhnlicher Mensch zu sein! Ohne Pino, mit dem man so coole Abenteuer erleben kann, ist man nur ein halber Mensch!«, stöhnt Mattis.

Mariam bleibt stehen und schaut sich nach Pino um. Weg ist er, verschwunden aus ihrem Blickwinkel.

»Mattis, mir geht es genauso. Auf eine mir unerklärliche Weise ist es mir gelungen, den Abschied zu überleben! Ich könnte losheulen.«

»Ich, ehrlich gesagt, auch. Denken wir positiv, dass Pino uns wieder abholt. Ich weiß immer noch nicht, ob es Außerirdische gibt! Pino könnte für uns doch eine Verbindung herstellen!«, sagt Mattis mit einem Augenzwinkern.

»Du kannst ihm ja mal diese Botschaft in Gedanken und in den Träumen zuschicken! Hoffen wir, Pino kommt bald wieder! Wir müssen einfach fest daran glauben! Dann wird es bestimmt klappen!«, meint Mariam überzeugt.

»Das mache ich!«, bekräftigt Mattis.

An der nächsten Straßenkreuzung trennen sich auch Mattis′ und Mariams Wege. Jeder ist wieder auf sich selbst gestellt.

Langsam ist Pino inzwischen zu seinen Erfindern zurückgefahren. Verblüfft starren diese am späten

Abend den kleinen Pino an und schreien auf: »Das kann doch nicht wahr sein. Pino, was ist mit dir passiert? Wie zum Teufel konnte das passieren, dass du dermaßen verbeult bist? Übles Pack, das dich so schlimm zugerichtet hat.«

Pino schweigt, das wird immer sein Geheimnis bleiben. Nur Mariam und Mattis könnten etwas dazu sagen. Aber die sind ja nicht da. Und wenn sie da wären, würden sie schweigen.

Mariams Mutter

Die Mutter sitzt am Wohnzimmertisch, als Mariam behutsam in die Wohnung schleicht. *Verärgert sieht sie aus! Kurz vor einer kleineren Explosion!*, denkt Mariam.

»Alles in Ordnung?«, erkundigt sich die Mutter. Ihre Stimme klingt sauer.

»Alles bestens!«, gibt Mariam einsilbig zurück.

»Du hast doch etwas?«, hakt die Mutter nach.

Müssen denn die Erwachsenen immer alles wissen? Diese ewige Neugierde ist echt nervend!, denkt Mariam.

»Ich habe ja gesagt, es ist alles bestens!«

Die Stimme der Mutter wird etwas lauter: »Solange ich nicht weiß, wo du dich so lange herumgerieben hast, ist gar nichts bestens!«

»Nur weil ich ein paar Minuten später komme, heißt das noch lange nicht, dass ich mich herumgetrieben habe!«, ärgert sich Mariam.

»Ich höre, was du zu erzählen hast, wo du die paar Minuten verbracht hast!«, antwortet die Mutter zynisch.

Mariam verzieht ihr Gesicht und denkt: *Ich bin doch kein Auskunftsbüro!* Doch die Mutter lässt nicht locker.

»Mmm, ähh, ja … Es ist so ein kleines Geheimnis. Mattis und ich sind zufällig Pino begegnet. Und dann, wie es halt so ist, mussten wir wieder etwas zur Rettung der Welt erledigen.«

»Und wieso tischt du mir dann das Märchen auf, dass du mit Mattis für die Schule lernst?«

»Manchmal braucht es halt eine kleine Notlüge. Wir können ja auch nicht nur Hausaufgaben machen bis zum Umfallen!«

Die Mutter lacht schallend: »Meine liebes Fräulein Tochter, mir ist nicht bekannt, dass du je Hausaufgaben bis zum Umfallen gemacht hast. Aber dann erzähle mal, was ihr mit Pino erlebt habt?« Ihre Stimmung hat sich wieder gebessert. Daraufhin kommt Mariam richtig ins Erzählen. Erzählt und erzählt.

»Die Himmelswelt braucht jeden erwachten Menschen. Menschen, die nicht nur wie ein blindes Huhn durch die Welt trampeln. Hat man uns beigebracht!«, schmunzelt sie schelmisch. Dann hält sie inne und horcht: »Oh Gott!«, stößt sie plötzlich heraus.

Heftige Winde fegen durch die Stadt. Sie bringen einen Duft mit sich, der die Welt verändern könnte. Ohne es zu wissen, haben sie mit der Begegnung des heiligen Kelches eine unsichtbare Kraft ausgelöst.

»Die Welt wird gesäubert!«

Die Mutter schaut ihre Tochter fragend an: »Was meinst du genau damit?«

»Die Weisen haben uns gebeten, für das Gute zu kämpfen. Der Planet Erde wäre eine wunderschöne Perle, die sich in bezaubernden Farben im Gleichklang des Universums dreht. Doch wir Menschen haben der Erde großen Schmerz bereitet, haben sie ausgebeutet und verletzt. Seit ewig wurde uns Menschen gegeben, was wir zum Leben brauchen. Wasser, Nahrung, Erde, Licht … Alles hielt sich im Gleichgewicht. Doch in den letzten hundert Jahren fingen die Menschen an zu zerstören. Was in der Erde schlummert, wurde geraubt, weil die Menschen denken, die Erde zu besitzen. Wir verschmutzen die Meere, die Flüsse und die Quellen. Kriegstreibende haben fruchtbar mit Krieg gewütet, alles zerstört, was die Menschen zum Leben brauchen. Und die Kriegstreiber denken noch, es sei ihr Recht. Aufhören sollen wir mit diesem Treiben. Sonst werden Wirbelstürme und Regen über das Land fegen. Die Berge werden sich erheben und Asche speien. Wir bohren nach Öl an tausend Stellen. Haben Pflanzen und Tiere ausgerottet und wer mahnt, der wird verspottet. Zerstörungen des Gleichgewichts in der Natur haben wir hervorgerufen und üblen Handel getrieben mit Wildtieren. Hören sollen wir Menschen, was die Erde spricht. Ein Virus zieht durch die Welt, es ist eine

Warnung an die Menschen dieser Welt. Wir brauchen die Erde, sie braucht uns Menschen nicht.«

Die Mutter schaut Mariam mit großen Augen an und holt tief Luft: »Ich bin echt stolz auf dich! Wie Weise du doch geworden bist. So einen Ausflug mit dem kleinen Pino täte allen Menschen gut!«

»Siehst du, ich habe etwas dazugelernt!«, lächelt Mariam stolz.

»Ich bin unglaublich stolz auf dich, Mariam! Die Geistige Welt glaubt an dich! Du hast ihr von deinem Seelenlicht geschenkt!« Sie umarmt ihre Tochter.

Mariam geht zum Fenster, schaut in den Nachthimmel. Eine Sternschnuppe kommt auf sie zugeflogen.

»Eine Sternschnuppe«, jubelt sie, »ich muss mir was wünschen!«, ruft sie der Mutter zu. »Ich weiß natürlich, was ich mir wünsche. Viele gute Menschen, die für eine gesunde Welt kämpfen. Einen zweiten Wunsch hätten Mattis und ich aber noch. Mattis möchte, dass Pino einen Kontakt mit Außerirdischen herstellt. Vielleicht machen wir beim nächsten Mal einen kleinen Ausflug dorthin!«, schmunzelt Mariam schelmisch.

»Niemals werde ich das bewilligen!«, ruft die Mutter entsetzt. »Aber gar nie! Das ist so sicher wie das Amen in der Kirche!«

Mariam lächelt nur vor sich hin und schweigt. Dann nimmt sie das Handy und schickt Mattis eine Nachricht: »Wie war es bei dir? Glaubst du, Pino kommt wieder? Ich habe mal meine Mutter sachte darauf vorbereitet.«

Dann wird eine Nachricht nach der anderen hin und her geschickt.

Auch Mariam und Mattis sind keineswegs vollkommen. Aber in ihrem Wesen ist Liebe, das der Welt etwas Lichtvolles gibt. Sie sind Kristallkinder und als Friedensbringer für die neue Welt wichtig. Das Rad der Geschichte steht nie still. Alles verläuft in Zyklen. Türen gehen auf und werden wieder geschlossen. Menschen werden geboren und Menschen sterben.

Einmal im Leben wird es jedem Menschen passieren. Es öffnet sich ein Tor zu einer verborgenen Welt. Man sieht neue Bilder, riecht verlockende Düfte, entdeckt bisher unbekannte Farben. Man will Teil dieser Welt werden und für das Gute kämpfen. Ehrlichkeit und Freundlichkeit machen den Menschen strahlend und bringen den wahren Glanz der Seele zum Vorschein, damit du im allwissenden Buch der Weisheit lesen kannst.

Diese Geschichte hat es schon viele Male begeben. Vor vielen Tausend und vor vielen Hundert Jahren. Sie geschah gestern und geschieht heute. Und sie wird noch viele Male geschehen müssen. Bis alle aus dem Kelch der ewigen Weisheit und Liebe getrunken haben.

Über die Autorin Mirjam Wyser

Das Licht erblickte sie an einem Sonntag, am 12. August früh morgens, als die Vögel ihr Morgenliedchen pfiffen. Aufgewachsen ist Mirjam Wyser in Zürich mit zwei Brüdern. Mit sechzehn Jahren machte sie eine Lehre als Fotolaborantin. Später arbeite sie als Stylistin in der Werbebranche. So lernte sie mit 29 Jahren ihren Mann, einen selbstständigen Foto- und Filmschaffenden, kennen. Sie heirateten und drei Söhne bereichern ihr Leben. Inzwischen sind Enkelkinder dazu gekommen. Das gemeinsame Interesse galt über all die Jahre der Lebensphilosophie von Rudolf Steiner. Sein ganzheitliches Denken beantwortete Lebensfragen. Ein persönliches Todeserlebnis öffnete Mirjam Wyser einen Spaltbreit die Tür in die andere Welt. Ein Samen konnte dort gepflanzt werden. Ein Baum ist gewachsen, dessen Früchte sie nun als Erkenntnis niederschreiben kann.

Weitere Werke der Autorin Mirjam Wyser

<u>Kinder- und Jugendbücher:</u>

»Die Kristallkinder und das Geheimnis der goldenen Nuss«
Band 1 der »Kristallkinder«-Reihe
Mit 7 ganzseitigen Illustrationen von Merli (Gabriele Merl).
103 Seiten, ISBN 978-3-96050-105-3

»Die Kristallkinder und das Geheimnis der acht goldenen Haare«
Band 2 der »Kristallkinder«-Reihe
Mit 6 ganzseitigen Illustrationen von Merli (Gabriele Merl).
186 Seiten, ISBN 978-3-96050-106-0

»Die Kristallkinder und das fliegende Auto«
Band 3 der »Kristallkinder«-Reihe
Mit 9 ganzseitigen Illustrationen von Merli (Gabriele Merl)
218 Seiten, ISBN 978-3-96050-166-4

»Acello und sein geflügeltes Pferd«
Band 1 der »Acello«–Reihe
124 Seiten, ISBN: 978-3-96050-083-4

»Acello und die Mistelbande«
Band 2 der »Acello«-Reihe
103 Seiten, ISBN: 978-3-96050-097-1

»Acello und der Riese Philemon«
Band 3 der »Acello«-Reihe
98 Seiten, ISBN: 978-3-96050-125-1

»Acello und die Umweltmagier«
Band 4 der »Acello«-Reihe
112 Seiten, ISBN 978-3-96050-184-8

»Acello und das alte Museum«
Band 5 der »Acello«-Reihe
204 Seiten, ISBN 978-3-96050-220-3

»Kikibu – Der kleine Affe aus dem Regenwald«
Mit 28 Illustrationen, zum Teil ganzseitigen Illustratuionen von Nabil Kharraz (shinu real art's).
157 Seiten, ISBN 978-3-945509-24-1

»Der goldene Schwan und das verzauberte Schloss«
Mit 5 ganzseitigen Illustrationen von Étienne Pascal.
80 Seiten, ISBN 978-3-945509-61-6

»Das Krugelmonster«
Mit 12 ganzseitigen Illustrationen von Étienne Pascal.
132 Seiten, ISBN 978-3-945509-38-8

»Pamelo und die alte Lokomotive«
Mit 7 ganzseitigen Illustrationen von Étienne Pascal.
110 Seiten, ISBN 978-3-945509-48-7

»Meister Bakumi und sein Wolkenschiff«
Mit 6 ganzseitigen Illustrationen von Étienne Pascal.
104 Seiten, ISBN 978-3-96050-025-4

»Der weise Zauberer – Traumreise ins Zauberland«
Mit 26, zum Teil ganzseitigen Illustrationen von Johann Sonderegger.
114 Seiten, ISBN 978-3-96050-031-5

»Im Traumland mit den Feen Serafina und Viola«
Mit 21 ganzseitigen Illustrationen von Anita Weber-Debald.
60 Seiten ISBN 978-3-96050-051-3
Hinweis vom Verlag: Dies ist die überarbeitete Neuauflage des im Jahr 2011 erschienenen Buches »Traumreise durch den Kosmos – Feen Serafina und Viola».

Belletristik von Mirjam Wyser:

»Der dunkle Baron«
Hinweis vom Verlag: Bei »Der dunkle Baron« handelt es sich um eine vollständig überarbeitete Neuauflage des Franzius Verlages. Der Titel der ursprünglichen Ausgabe (eines anderen Verlages) lautet: »Nadelspitzen in schwarzem Samt«.
300 Seiten, ISBN 978-3-96050-079-7

»Die Schakale der Inquisition
– Eine Liebe aus karmischer Sicht«
210 Seiten, ISBN 978-3-96050-127-5

»Reise zum inneren Avatar«
250 Seiten, ISBN 978-3-96050-176-3

Belletristik-Novitäten 2021/2022 im Franzius Verlag

»Endstation Himmel«
Roman nach einer wahren Begebenheit von Angelika Lorenz
ISBN 978-3-96050-186-2

»Nachbeben –
Oder gehört das ganze Leben in die Änderungsschneiderei?«
Liebesroman von Sybille Statz, ISBN 978-3-96050-192-2

»Fette Sau – Ich bin gegen Mobbing – und Du?«
Roman von Christiane Kromp, ISBN 978-3-96050-201-2

»Blutspur 629«, Band 3 der »Rich & Mysterious«-Reihe
Krimi von Neal Skye, ISBN 978-3-96050-214-2

»Die Siegel Asinjas —Teil 3: Die Macht der Dämonen«
Fantasy-Roman / Young Adult von Andi LaPatt
ISBN 978-3-96050-212-8

»Shitstorm – Ein Edda Valby Krimi«
Ein Schweden-Krimi von Neal Skye, ISBN 978-3-96050-232-6
Erscheint voraussichtlich im Mai 2022